覓食中華

蔡瀾選集・拾壹

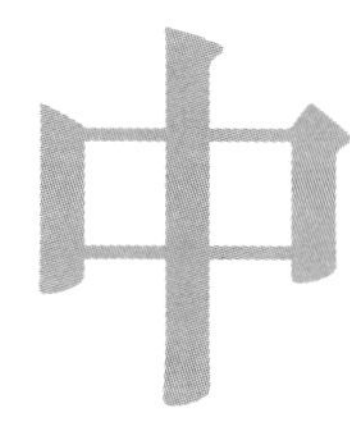

書　名　蔡瀾選集·拾壹——覓食中華

作　者　蔡瀾

出　版　天地圖書有限公司
香港黃竹坑道46號
新興工業大廈11樓（總寫字樓）
電話：2528 3671　傳真：2865 2609
香港灣仔莊士敦道30號地庫/ 1樓（門市部）
電話：2865 0708　傳真：2861 1541

印　刷　亨泰印刷有限公司
柴灣利眾街德景工業大廈10字樓
電話：2896 3687　傳真：2558 1902

發　行　香港聯合書刊物流有限公司
香港新界大埔汀麗路36號中華商務印刷大廈3字樓
電話：2150 2100　傳真：2407 3062

出版日期　2020年6月初版·香港

ISBN：978-988-8548-64-4

出版說明

蔡瀾先生與「天地」合作多年，從一九八五年出版第一本書《蔡瀾的緣》開始，至今已出版了一百五十多本著作，時間跨度三十多年，可以說蔡生的主要著作都在「天地」。

蔡瀾先生是華人世界少有的「生活大家」，這與他獨特的經歷有關。他祖籍廣東潮陽，新加坡出生，父母均從事文化工作，家庭教育寬鬆，自小我行我素，放蕩不羈。中學時期，逃過學、退過學。由於父親管理電影院，很早與電影結緣，求學時便在報上寫影評，賺取稿費，以供玩樂。也因為這樣，雖然數學不好，卻苦學中英文，從小打下寫作基礎。

上世紀六十年代，遊學日本，攻讀電影，求學期間，已幫「邵氏電影公司」工作。學成後，移居香港，先後任職「邵氏」、「嘉禾」兩大電影公司，監製過多部電影，與眾多港台明星合作，到過世界各地拍片。由於雅好藝術，還在工餘尋訪名師，學習書法、篆刻。

八十年代，開始在香港報刊撰寫專欄，並結集出版成書。豐富的閱歷，天生的愛好，為熱愛生活的蔡瀾遊走於東西文化時，找到自己獨特的視角。他筆下的遊記、美食、人生哲學，以及與文化界師友、影視界明星交往的趣事，都栩栩如生地呈現在讀者面前，成為華人世界不可多得的消閒式精神食糧。世上有錢人多的是，但不一定有蔡生的機緣，可以跑遍世界那麼多地方；世上有閒人多的是，也許去的地方比蔡生多，但不一定有他的見識與體悟。很多人說，看蔡生文章，如與智者相遇、如品陳年老酒，令人回味無窮！

蔡瀾先生的文章，一般先在報刊發表，到有一定數量，才結集成書，因此「天地」出版的蔡生著作，大多不分主題。為方便讀者選閱，我們將近二十年出版的蔡生著作重新編輯設計，分成若干主題，採用精裝形式印行，相信喜歡蔡生作品的朋友，一定樂於收藏。

天地圖書編輯部

二〇一九年

與蔡瀾同行

*金庸

除了我妻子林樂怡之外，蔡瀾兄是我一生中結伴同遊、行過最長旅途的人。他和我一起去過日本許多次，每一次都去不同的地方，去不同的旅舍食肆；我們結伴共遊歐洲，從整個意大利北部直到巴黎，同遊澳洲、星、馬、泰國之餘，再去北美，從溫哥華到三藩市，再到拉斯維加斯，然後又去日本。我們共同經歷了漫長的旅途，因為我們互相享受作伴的樂趣，一起享受旅途中所遭遇的喜樂或不快。

蔡瀾是一個真正瀟灑的人，率真瀟灑而能以輕鬆活潑的心態對待人生，尤其是對人生中的失落或不愉快遭遇處之泰然，若無其事，不但外表如此，而且是真正的不縈於懷，一笑置之。「置之」不大容易，要加上「一笑」，那是更加不容易了。他不抱怨食物不可口，不抱怨汽車太顛簸，不抱怨女導遊太不美貌。他教我怎樣喝最低劣辛辣的意大利土酒，怎樣在新加坡大排檔中吮吸牛骨髓；我會皺起眉頭，他始終開懷大笑，所以他肯定比我瀟灑得多。

我小時候讀《世說新語》，對於其中所記魏晉名流的瀟灑言行不由得暗暗佩服，後來才感到他們矯揉造作。幾年前用功細讀魏晉正史，方知何曾、王衍、王戎、潘岳等等這大批風流名士、烏衣子弟，其實猥瑣齷齪得很，政治生涯和實際生活之卑鄙下流，與他們的漂亮談吐適成對照。我現在年紀大了，世事經歷多了，各種各樣的人物也見得多了，真的瀟灑，還是硬扮漂亮一見即知。我喜歡和蔡瀾交友交往，不僅僅是由於他學識淵博、多才多藝、對我友誼深厚，更由於他一貫的瀟灑自若。好像令狐沖、段譽、郭靖、喬峰，四個都是好人，然而我更喜歡和令狐沖大哥、段公子做朋友。

蔡瀾見識廣博，懂的很多，人情通達而善於為人着想，琴棋書畫、酒色財氣、吃喝嫖賭、文學電影，甚麼都懂。他不彈古琴、不下圍棋、不作畫、不嫖、不賭，但人生中各種玩意兒都懂其門道，於電影、詩詞、書法、金石、飲食之道，更可說是第一流的通達。他女友不少，但皆接之以禮，不逾友道。男友更多，三教九流，不拘一格。他說黃色笑話更是絕頂卓越，聽來只覺其十分可笑而毫不猥褻，那也是很高明的藝術了。

過去，和他一起相對喝威士忌、抽香煙談天，是生活中一大樂趣。自從我試過心臟病發，香煙不能抽了，烈酒也不能飲了，然而每逢宴席，仍喜歡坐在他旁邊，一來習慣了，二來可以互相悄聲說些席上旁人不中聽的話，共引以為樂，三則可以聞到一些他所吸的香煙餘氣，稍過煙癮。蔡瀾交友雖廣，不識他的人畢竟還是很多，如果讀了我這篇短文心生仰慕，想享受一下聽他談話之樂，未必有機會坐在他身旁飲酒，那麼讀幾本他寫的隨筆，所得也相差無幾。

---

*這是金庸先生多年前為蔡瀾著作所寫的序言，從行文中可見兩位文壇健筆相交相知之深，相信亦有助讀者加深對蔡瀾先生的認識，故收錄於此作為《蔡瀾選集》的序言。

目錄

一、大陸篇

二、香港篇

三、澳門篇

四、台灣篇

一、大陸篇

斷腿記

二〇一八年元旦，和一群好友到查干湖去看冰湖網魚，然後再去哈爾濱一遊。抓魚在紀錄片中看過多回，對我來說，親不親自觀察並不重要，哈爾濱倒是一定要去的，從小聽朋友說有多好是多好，當今友人已失去記憶，想跑去蘇菲亞教堂前拍一張照片，看是否可以喚醒記憶。

果然，查干湖的魚已漸少，當地友人說：現在遊客已經比魚多了。被網上來時，眾人爭先恐後衝前去拍照片，有些人發現拍不到，原來手機已經在零下二十多度時凍壞。

本來的行程是從廣州飛長春，在當地住一晚，翌日一早再到查干湖，但當地友人臨時改變，說先到湖邊酒店下榻，第二天便不必因為塞車，三更半夜就得出發，雖然湖邊客棧的條件不佳，但還是方便的。

從機場乘五個小時的車到了湖邊，已入夜，先去醫肚，這好呀，可以吃東北菜了，到達一看，原來是家牛肉火鍋，潮州老闆還來認親認戚，食物當然比不上南方的，胡亂地填一填肚，就回酒店休息。

咦，房間暖氣十足，洗手間也乾淨，一點也沒友人所擔心的條件不好，睡得妥穩。

第二天看完魚後回長春住，中午去吃朝鮮菜，粗糙得很，但女侍應非常漂亮，我向友人說：你們看，不是個個整容的，我五十年前到漢城，當時大家窮得要命，但美女也不必動手術，和當今北朝鮮的一樣純樸好看。上完菜後侍應們換了衣服，載歌載舞，我喜歡的那位彈起結他來，動作和西方樂師一樣刺激神經。

到了晚上，終於有頓東北菜吃了，去到一個民族村，以土得不能再土的裝修招徠，正合當今潮流，客人滿座。圍着能夠滑動的灶子，挖了數個洞，生起火來，上面放鍋子，邊煮邊吃。

最感興趣的當然是那鍋充滿肥豬肉片的酸菜鍋，浮在上面的脂肪，多吃幾口，好像才能夠禦寒。再喝湯，像全身熱了起來，原來是從屁股傳上的。南方人坐炕是坐不慣的，得經常移動八月十五，否則吃個不消，一定燙傷。

這時，來杯冰凍的啤酒，是件大樂事。哈爾濱啤酒好喝，但是發現我更喜歡一種叫「格瓦斯」的飲料，用俄國大麵包發酵出來，只有一個巴仙的酒精。帶甜，不過甜得不會生膩，好喝到極點，天天都喝格瓦斯，喝得不亦樂乎。

不小心扭到的腳很痛，友人勸説一定得看醫生，本來小事一樁不想麻煩大家的，也聽話去檢查一下。這下子可好，X光照下來，後跟那條小骨裂了一道痕。

一聽到要打石膏，我心中即刻發毛，這一打，要打多久？更要忍受友人在上面簽名，無聊得很。想不到原來這麼先進，用一塊像厚布一樣的東西，浸了熱水，左右邊包在小腿上，然後用黏貼布包紮，大功告成，謝天謝地。

從來沒有感受過零下二十幾度的天氣，出發之前做足準備，先到朋友介紹的禦寒商品專門店去買了整套的裝備，上次去冰島只有零下十幾，走時已把裝備送了當地人，這回重新裝束，連像摔角手的面具也買了。

從店裏走出來，才發現另一家的衣服是用「銻」做的，可以完全隔絕寒冷，這才對呀。想去問問原來那家是否可以更換，女售貨員説：你試試用錫紙包着手臂看看，一定會把你熱死！

説得也對，但要是真正冷起來怎麼辦？好，傳統衣裝來一整套，新科技的銻衣褲也來一整套，到時任何天氣，都難不到我，返港前，再把它們送給當地人好了。

去到東北，發現冷是冷的，但是有一套秘魯的草泥馬的頸項毛 Vicuna 內衣褲，加厚外套，已經足夠。

再下來那幾天，得到友人的細心照顧，出入有輪椅，專車接送，上下有人攙扶，都不會覺得不便，反而是麻煩到那麼多人，心中過意不去。

臨返港，去到哈爾濱的地標蘇菲亞教堂，拍了張照片，完成了心願。

沒有直飛，只好在深圳下機，再叫小巴車我回來，乘的是深圳航空的頭等，有牛肉絲炒青椒下白飯，嚐了一口，無味，添三四湯匙的醬油應該吃得下吧？該死，就在這節骨眼中沒有自帶老恒和醬油包。向空姐弄，回答說沒有醬油，我們是不用醬油的，辣椒醬就有，就這樣餓着肚四小時。唉，餓死算了。一跛一跛走下機，爬上小巴士，才到達行李處。

返港後直接去照X光，發現骨頭裂痕加深，得住院了，哈哈，這也好，反正一直有寫個長篇的念頭，剛好在這休養期間可以完成。

把在哈爾濱的跛腳照片上傳社交平台，加上文字：「摔斷腳吧！Break A Leg!」這句英文諺語，有預視演出成功的意思，表演行業人士愛用。對的，二〇一八年，將會非常精彩！

大連之旅

又要到大連去公幹。上回去，已是十幾二十年前的事，年老神倦，已經忘記了，沒有甚麼印象，連甚麼地方吃早餐也想不起，就在微博上發一個消息，請教當地人。

經三個多小時飛行，抵達時已晚，也不出去，在酒店胡亂叫些房間服務算了。這回下榻的是希爾頓，這塊牌子在香港已消失，國內還是很吃香，說是當今大連最好。

翌日一早起身，查微博，網友們紛紛的推介，很出奇地出現一個名詞，叫「燜子」，都說燜子一定要試。到底是怎麼樣的東西，好奇得不得了。

還有訪問要做，不能去得太遠，問酒店哪裏有燜子吃？都笑說那是下午和晚上的玩意兒。那麼你們大連有甚麼值得吃的早餐？年輕人都回答不出，微博上有人提到「兄弟拉麵」開二十四小時，對方想起回答附近有一家。

驅車去了，是家連鎖店，牆上掛的餐牌，選擇並不多，我們只有兩人，把所有的麵條都叫齊，滿滿的一桌菜。並沒留下印象，反而是冷麵不錯，味調得好，可以和韓國的比拼。

心中又嘀咕，如果每一個城市，都和武漢一樣，注重早餐，花樣多得不能勝數，像「過年」一樣，把吃早餐叫為「過早」，那有多好！回到香港才想起，在我那本《蔡瀾食單．中國篇》找到大連那篇，記載了在菜市場吃的早餐，才大打自己的屁股一下。當年我還在那裏吃了海膽撈豆腐腦呢，現在提供資料給將去大連的讀者也不遲：「大連市沙河口區西安路。」

回酒店，開始工作，記者問當今的大連和十幾年前的大連有甚麼不同？我回答說從前還有些古老的建築物，當今給全國相同的大商家廣告牌包住，中國的都市，愈來愈長得一模一樣了。

吃還是不同的，溜了出去，到我信任得過的網友韓大夫推薦的「大連老菜館」。特色在於一走進去就看到水箱，裏面應有盡有的海鮮，擺在你眼前。

我問說有沒有不是養殖的？店員搔搔頭皮，指着黑色的魚。甚麼名字？黃顏色的叫黃魚，黑顏色的就叫黑魚了。只有這種魚是野生的，當然要了。請店裏蒸，不會做。炆吧，好，炆就炆，肉質是粗糙的，味道是淡的，所以不蒸也是對的。加醬油炆才有味，如果像從前的黃魚那麼美味，早已被吃得絕種。

燜子呢？我要吃燜子，傳統的，甚麼料都不下的那種。回答說，我們只有三鮮的，好，三鮮就三鮮。

上桌一看，只見海參、蝦仁和螺片，用筷子拼命找才找到帶青綠色，半透明的固體狀態方塊，這就是著名的「燜子」了！

海參本身無味，養殖的蝦沒甚麼好吃的，螺片硬得像老母雞皮。燜子一吃進口，滿嘴糊。又是一種新話！像羊肉泡饃的一種傳說！記得我第一次去西安，就不停地找泡饃，這個名字給我無限的想像，聽了那麼久的當地人歌頌，不可能不好吃！結果上電視時被問，我說大概是從前人窮，吃不到白飯，只有用麵皮搓成一粒粒，扮成米飯吧？當地人聽了差點反臉，我運氣好才逃得出來，最後就學會了永遠不能批評人從小吃起的食物。

叫的那一桌菜吃不完，三鮮燜子更是原本的一整碟，本着不能浪費的精神，請店裏打包。

到了傍晚，肚子有點餓，找了那燜子來吃，咦，柔滑中還有彈性，海鮮的味道滲入其中，愈嚼愈好，一下子把燜子都找出來吃光，反而剩下海參、蝦和螺片。

吃出癮來，衝出酒店，跳進的士。司機問説去哪裏？有賣燜子的小攤販在哪裏，就去哪裏。他瞪了我這個瘋子一眼，也不敢反駁，直車我去中山公園菜市場裏。

看小販小火加熱，放進切成小塊的燜子，用筷子翻動把皮煎得焦黃，放入盤中備用。另一廂，用臼子裏搗碎的蒜泥、小磨磨出的麻汁，還有濃郁的魚露，大量地淋在剛煎好的燜子上面，我大聲叫蒜泥多一點，蒜泥多一點，這種小吃，蒜泥不加到口氣濃得叫人避開三尺不可。

就那麼一吃，哈哈，中了燜子的毒。來了大連，值回票價。

工作完畢，已是十點了，《味道大連美食》的作者王希君特地請一間叫「日豐園」的老闆娘等着我，另外約了大連名廚董長作和一群好友，浩浩蕩蕩地趕去。

吃些甚麼？桌子上擺滿了令人垂涎的菜餚，但和餃子一比，完全失色。

餃子六種，一款款上，最先是紅蘿蔔餡，説明是除了鹽甚麼調味品都不加的。怎麼那麼甜？仔細品嘗，還是會發現有鮮蠔摻在其中，不過份量少得令人不覺察而已。第二款是芸豆水餃，裏面有少許的蛤肉。第三款是黃瓜水餃，加了蜆。第四款是鯪魚水餃，第五款是茭瓜水餃，加了扇貝。

壓軸的是韮菜海膽水餃，被譽為大連第一廚娘的孫傑道歉說：「當今的海參很瘦，韮菜又硬，都不是時節菜，請各位包涵。」

哪有時不時節的，這一道水餃的確是天下美味，一吃就知。大連，又有一樣令你感到不枉此行的美食。

地址：大連市甘井子區小平島48號樓（軍港正門前行100米）

電話：+86-411-8477-8315

北京印象

近來與北京有緣，一連到訪數回，留下一些印象。

去北京，若約了對方，最好是早一天到。這是有原因的，時常為了天氣、空中限制和其他理由，令到誤點，引起很多不必要的麻煩。

就說前一次經驗，要去拍一個浙江衞視的電視節目，出發當天又有廣告要做，只有乘夜機。晚上七點鐘起飛，五點半抵達機場，起飛時間延誤。終於上了機，但一下子說廣東天氣不好，一下子說北京降落的時段被取消了，坐在機上，眼見一小時一小時的光陰消逝，遙遙無期。

等到一切妥善，空姐機師的工作時間超過，整組工作人員必須更換，北京約着陸的期限又錯過。好歹，等到又可飛時，經濟艙的國內旅行團吵了起來，要機長道歉，英籍機長說不是他的事，當然不肯。

這一下可好，艙內服務員交涉失敗，惟有請機場警員代勞。走了進來，見對方來勢洶洶，愈吵愈厲害，知應付不了，又退了下去。

問空姐，是否可以乘搭其他航班，但因夜晚，已無。如果忍下去，還有機會三更半夜起飛，為了約好拍攝，不能讓整組工作人員等待，只有等、等、等。

這時，旅行團表示肯屈服，要求賠償，航空公司說甚麼也不肯開這個前例，死活回絕。

乾坐無聊，把經過寫下，放在微博上，一群網友眼看一波又一波的轉折，看如何收拾，也跟着我一塊沒有睡覺。

藍帽子的特警終於登機，把旅行團一個個趕落機，這時又要把他們的行李卸下。

到最後，一切搞掂，已是深夜的四點半。

飛三個小時，終於在黎明七點半抵達北京，從到機場的五點半也算在裏面，這一程，恰好花了十四個小時，飛歐洲各城市或紐約，也不過十二個鐘，唉。

據聞這個時節北京到了傍晚，天氣多數會轉壞，所以說，要到北京最好是早上機，上午的話其他航班多，萬一有甚麼突變還可換機。早一天去的話，更加不必焦急，所發生的一切，都不是你我可以控制得了的。

住過北京的多家酒店，近來還是發現北京香港馬會會所最佳，地點在市中心的金寶路，離故宮和王府井都不遠，總面積有三十八萬平方呎，設計出一間依照傳統建築而新穎的建築物來，分春夏秋冬四個主題，和天、地、人的和諧氣氛。

每間房都一樣，相當寬敞。馬會為了公平，九十間房間不分大小，政要明星藝人和平民都是平等待遇。三間餐廳、一個咖啡室和一個酒吧，地下還有個很大的游泳池。我最喜歡的叫「北京凱旋」，裏面有個麵吧，由蘭州師傅現叫現拉，要多細有多細，滾水一淥，麵即熟，有牛肉麵、葱油拌麵、炸醬麵、擔擔麵等選擇，對我這個麵癡來説，簡直是理想的食肆。

除了麵，他們的番茄羊肉煲也美味。北京小吃眾多，其中的芥末屯做得最出色，比城中著名的餐廳還要好吃。我帶笑向朋友説：從不跑馬，為了麵和小吃，才入住馬會的。

當然是招待會員，人流不雜；非會員的話，可請友人代訂，貴個十五巴仙，但房租合理，也比其他五星級便宜。機場有專車接送，不必麻煩朋友。大廳擺着竹蔗茅根水奉送，細心得很。

安頓了下來，便往外跑，最好是在酒店周圍的地方吃飯或購物，北京的交通，去一個地方一兩小時不算甚麼，如果問司機距離有多遠，他們總是回答說不阻車半個鐘，但是塞起來的話，哈哈哈哈。

當地老饕介紹的食肆，都是甚麼西餐或日本料理，他們自己認為是新奇愛吃的，但到了北京，不吃北京菜，幹個鳥？

豆汁是必喝的，受了老舍文章影響後，對這地道的飲品總是好奇，但有獨特的餿味，喜歡或討厭，沒有中間路線。喝豆汁，往附近的牛街跑，一定找到正宗的。

至於烤鴨，友人都說香港的做得更好，試過也是如此，也就沒興趣去那些老字號了，但也不會吃甚麼四川或上海菜，故宮周圍的「滿酒樓」的涮羊肉一流，不是凍成冰塊刨薄一團團，而是手切的新鮮新疆羊薄片。一人一鍋，也合乎衛生，不愛羊的話有其他肉類，流行嘛，連海鮮也具備了。

王府井晚上的街邊小檔已沒甚麼旅客敢去品嘗了，馬會會所周邊的朝陽門內南小街上一間間的地道美食，倒可以一試。酒店的吃厭後，到金寶街小巷裏，可以找到地道的早餐，來碗餛飩，一籠小籠包、蒸餃、豆腐腦、一個茶葉蛋和一碗典型的早餐炒肝、埋單也不過二十來元人民幣。所謂炒肝，並不炒，是一碗漿糊，也沒肝。

更地道的，去遠一點點，西四北大街北八號有一家叫「鹵煮品」，是我吃過最好的北京小吃。所謂滷煮，是用一個雙手合抱不了的大鍋，又鹵又煮地炮製出豬大腸等內臟來，香噴噴，百食不厭。加上「麻豆腐」，是用做過豆汁的渣滓，用羊尾巴油炒出來的菜。「炸灌腸」與腸無關，也是豆製品。「豆腐絲」名副其實，用醬油煮後切絲。還有意想不到的「拌柳芽」，北京柳樹很多，原來剛長出來的芽也可以吃。這些小菜，都是當年窮得不能再窮時發明出來的，當今已成了上品，要找也不容易呢。

情憶草原的羊宴

在中國的每一個城市，我都有一群朋友，對於吃有極深厚的熱誠，而且最重要的是，信得過。

到了北京，一定得去找洪亮，微博名叫「心泉之家」，有許多粉絲都是愛看他寫吃的報告，他是一家名牌攝影機的代理，得到處去巡視業務，人住北京對北京小吃當然熟悉，對其他都市的認識也多。

「想吃些甚麼？這次來。」他問。

「你知道我最愛吃羊肉。」

就這樣，一頓精彩的羊肉宴產生了。

只約六七個好友，多了人互相的溝通就不夠，我們去了一家叫「情憶草原」的店舖。

地方較為偏僻，裝修也平凡，但傳來羊肉的香氣，洪亮兄告訴我，老闆特地指定一隻羊，請牧民當天早上屠了空運到北京。事前又預訂了一個菜，叫「三胃包肉」。

上桌一看，碟子像個小葫蘆，羊有四胃，第三個特別平坦，把胃反過來，可以看到只有五六條皺褶而已。再用羊的肚腩肉切片，塞在裏面，以粗線縫起，就那麼放進冷水中，滾後轉小火，煮個十五至二十分鐘，就能完成。

老闆孫文明是個大漢，走進包廂，用利刀往羊胃一割，熱騰騰的湯汁流了出來。羊腩肉固然軟熟，好吃無比，但還是那口湯留下最深刻的印象，又香又甜，可算吃羊肉最高境界之一了。

再看桌上，有個碟子裝着深綠色，切成一絲絲，像昆布的東西，那是甚麼？名叫沙葱，原來不是切出來，原形用鹽醃製成這個樣子，是種草，試了一口，味道清新，原來吃羊肉配這個，已經不必蘸醬油了。

另一碟綠色的，是用野生的韮菜花磨成茸。當今農曆二月，是吃韮菜的季節，羊肉和韮菜，又是完美的搭配，比西方用薄荷高明。

巨大的炭爐小鍋已燒得通紅，搬了進來後才把冷水倒進去，即刻嗞嗞聲地冒煙，據説這才正宗。話題打叉了，甚麼是涮羊肉呢？

最早的軍隊，打仗來不及做飯，就把羊肉切成薄片，在鍋裏一燙就能吃。和平後成為蒙古草原王族的食物，只有他們才能吃。元朝和清朝，王族們帶到北京，也不許平民百姓做。後來清朝允許大臣們吃，但皇宮裏的御廚不可能走出來，只有找到會處理羊肉的販子做，這些人都是回民。最後皇帝開恩，讓百姓在特許的兩家餐廳賣涮羊肉，就是「東來順」和「一條龍」。

「東來順」開了很多家分店，良莠不齊；「一條龍」在前門步行街上，店裏還擺着二百多年前皇帝用來涮羊肉的鍋，但也因遊客多，推出便宜的套餐，羊肉質素大大退步。

一般的店裏，只能吃到冰凍後刨成一圈圈的羊肉，凍切羊肉也只不過是三十年代才開始的，當時是肉上放了大冰塊，廚師一手按住冰一手切肉，切過十年之後，按冰的手，手指頭全部蜷曲伸展不開，成為一種職業病，周恩來巡察「東來順」時發現，要求技工做出切羊肉的機器，才免了廚師的災難。

今晚吃的涮羊肉有三種：上腦、後肋條和３Ｄ。

「甚麼是上腦？」我問。

孫老闆又走進來解釋，「就是靠近羊頭的部份。」

肉顏色還粉紅，只帶了一點點的肥，涮了一下吃進口，異常軟熟，不錯，不錯。

「後肋條呢？」

顏色較上腦深，肥的部份又多了一點，花紋漂亮，肉香又比上腦肉濃厚，層次漸進。

最後上３Ｄ。

孫老闆說：「３Ｄ是挑羊群裏面的胖子，要比普通羊肥四十巴仙左右，然後選第五根到第十二根之間肋條肉，用手仔細地切來薄片。」

「這和３Ｄ沒有甚麼關係呀。」我說。

他點頭：「我就那麼叫，叫出名菜來了。」

把羊肉涮完，擺上幾條沙葱來吃；要不然，就點野韮菜花茸，孫老闆又說：「我從來不喜歡甚麼芝麻或亂七八糟的其他配料，把羊肉的味道分散了，多可惜！」

說得一點也不錯，用這麼原始和自然的配料，才對得起好的羊肉。

各種肉再上個三五碟，有點膩了，在北京是喝不到濃普洱的，就算去了港澳式火鍋店也做不好，請侍者泡杯給我，怎麼吩咐也不夠濃，一般在香港的店講個三次就能達到目的，北京的說了七次，還是淡出鳥來，對涮羊肉的店別再要求，用啤酒補救好了。

店裏的爆醃蘿蔔，泡了一兩天就能吃，非常清新，把吃肉的膩氣一掃而空，另外再上一碟老虎菜，其實這菜源於東北，為甚麼以老虎為名？它只不過是新鮮的辣椒、香菜和黃瓜拌在一起罷了，原來三種菜都是綠色，但用的辣椒特別厲害，一看沒事，一吃才知，有如老虎的襲擊。這時，胃口又開了。

見火鍋的炭還是燒得那麼紅，我向孫老闆要求：「再上一碟尾巴。」

羊尾巴和尾巴沒有關係，是完全的肥肉的叫法。普通的羊肉刨成一圈圈，顏色通紅，一點肥的也沒有。香港人打邊爐，吃慣了所謂半肥瘦的牛肉，就叫北京店裏來一碟，對方一定不知所云，因為一般的羊少有像牛肉般的大理石紋。

這令香港客懊惱，我就叫羊尾巴，一圈羊尾巴一圈全瘦的，二圈夾在一起涮，不就是半肥瘦了嗎？

涮出來的全肥羊尾巴有如白玉，點了韮菜花蓉來吃，不羨仙矣，孫老闆看在眼裏，微笑讚許。

寫到這裏，忘記了說最先上桌的一碟鹽水羊肝，很粉，但對不起，還是豬肝的味道好一點。

中間的插曲，是布里亞特羊肉包子。布里亞特是蒙古族的一個分支，大多數人集中在俄羅斯下屬的布里亞特共和國，首都烏蘭烏特。一小部份的不到一萬人聚居在內蒙古，他們做的包子餡是手切羊肉，也有用牛肉，甚至用馬肉的，加洋葱或野生韮菜，說是包子，其實像我們的灌湯餃，所以來到這家人，不吃羊肉水餃也不可惜，單叫包子好了。

再也吃不下去了，抱着肚子喊時，上了烤肥腰。

一般的燒烤用鐵枝吊起，撒上大量的孜然上桌。孜然個性太強，所有的滋味都給它搶去，討厭的人還說像印度人胳肋底的味道，遠離之。

但這家人的烤羊腰將尿腺切除精光，所以能摒棄孜然，只撒鹽也一丁點的異味也沒有。慢慢地欣賞羊腰，一小口一小口吃，是種福氣。

孫老闆走進來敬酒，說是六十三度的，大陸人說度，就是巴仙，不像外國人的兩度一巴仙。我一大口乾了，真是厲害，問說為甚麼開這間店。

「我在草原生活過，和牧民交上朋友，愛他們的熱情，回到北京就用這個意思開了這家店，其實也沒多久，只不過一年多罷了。」

「羊肉呢？」

「從不同地方運來，像你們吃的上腦叫杜泊上腦，杜泊羊是一種高產的羊，對環境要求不高，但肉質好，長肉快。最早來自南非，分黑杜泊羊和白杜泊羊兩種，肉質是沒有分別。其他部位來自內蒙古呼倫貝爾盟新巴爾虎左旗，那裏的草，種類豐富，肉味才不會單調。」

「哇！」這麼講究，我叫了出來。

這時，整頓飯的壓軸出場，是一條巨大的肋骨。

「這就是我們的手把肉了！」孫老闆宣佈。

那麼大的一條肉，也是放在冷水中煮，滾個十五分鐘就熟。骨上的肉，有肥有瘦，孫老闆抓着骨，用刀把肉一塊塊切下。

我先選一塊瘦的，再來一塊肥的，兩種風味完全不同，但都是我吃過之中最好最香最軟熟的，差點把那三胃包肉比了下去。

一般港人，尤其是女的，看到孫老闆那麼抓法，一定怕怕不敢吃，我們這群一點也不在乎地狼吞虎嚥。也許，只有這種食客，才會被孫老闆接受吧。

「整條骨那麼長那麼大，那羊呢？」我問。

「是隻四齒羊。」

「四齒？」

「對，羊每年長兩顆牙，你吃的是兩歲多快三歲的羊，肉味才夠濃，乳羊不行。」

「唔，我們煲湯，也要用老母雞才甜。」我說。

「說到湯，我把湯拿來煮粥給你們喝。」以為胃再也沒地方裝，也要連吞三碗粥下去。

「擔心你們吃不完，沒叫魚。」

「哈哈，還有魚吃？」

「一般的鯽魚只有幾兩，我們的是兩三斤。」

「怎麼做？」

「到時你來，就知道。」

「還有甚麼我們今天沒吃到的？」

「牛扒呀，我們牛扒也做得好，和西餐的絕對不同。」

「還是喜歡吃羊，有甚麼其他羊菜？」

「羊脖子呀，把羊的頸項切成一吋厚的一塊塊，拿去煲湯，骨髓才容易吸。」

一聽就知道好吃：「還有呢？還有呢？」

「蒸羊排蘸酸奶。」

不太喜歡酸的，但可試試看：「還有呢？」

「肥羊腸。」

對路了。孫老闆說：「這次等你們來，三胃包先做好，下次再來，等你們到了才去煮，趁煮得脹卜卜時上桌，味道更好。」

好，重複一次菜單：三胃包肉、羊脖湯、蒸羊排蘸酸奶、羊肚腸、牛扒、牧民式的煮魚，發達囉！

地址：北京市朝陽區東三環南路乙52號樓1層商服22號順邁金鑽東側底商

電話：+86-136-1131-1883

爆肚馮金生

到一個城市，去吃其他地區或國家的菜，除非做得非常出色，否則是浪費時間。有甚麼理由不試當地佳餚，了解那個地方的文化呢？

去了北京，我當然光顧鹵煮、豆汁、烤鴨和涮羊肉了。

最初去的是「滿福樓」，靠近故宮，地方環境皆幽美，每人一鍋地涮，也較適合香港人的胃口。近來經常為了公事到北京，認識了一位很靠得住的朋友洪亮。他介紹的「情憶草原」前些時候寫過，這回重訪北京，還是請他推薦羊肉，希望把做得最好的羊肉店都試遍，做一比較，又過足我這個羊癡的癮。

去的一家叫「爆肚沺金生隆」的，門口用壓克力做了一個大招牌，很怪。中間那個沺只剩下旁邊兩點，不知是甚麼意思。大字下面有一小行，寫着：「創於光緒十九年」，是家百年老店，又有洪亮的推薦，錯不了的。

進口處還有一大排的火鍋，十多個，銅製的，古樸得很，另有一大桶炭，隨時添加，再生了一大壺的水。

走了進去，地方不算大，乾乾淨淨。看牆上掛着四張大照片。第一張是此店的創辦人馮天傑（1874-1949）。第二張是第二代傳人馮金生（1917-1998），第三代馮國明，生於一九四七。第四張照片是第四代傳人，也就是當今的掌櫃馮夢濤，生於一九六四。

説曹操，曹操就到，馮夢濤本人出現了，長得高大，戴眼鏡，蓄八字鬍，斯斯文文，衣着整齊，扮相甚佳，像是一個歷史劇人物，活生生跳了出來。

笑嘻嘻地回答我的問題：「店裏那塊漆金的招牌，馮字也是用塊紅紙遮住，當年我父親沒去註冊，給人搶先，反而不能照用。外面那塊風吹雨打，紅紙不管用，也只有使出這一招了。哈哈哈。」

爆肚是北京典型的小吃，當年高官上朝，先來一碗醬肚，所謂爆，是我們廣東人説的白灼。

羊有四肚，第一叫「羊葫蘆」，牆上的説明坦白地寫着「硬貨」二字。第二肚的「羊食信」也是。第三「羊蘑菇頭」老嫩適中。第四的「羊散丹」就脆嫩。

爆肚的吃法，依老派，更有十三種，馮夢濤拿出四碟不同部位的給我們試，前三碟較硬，但咬呀咬，就嚼出甜味來。我最愛吃的也是最軟脆的「羊散丹」。蘸的醬料是店裏的特別配方，以芝麻醬為主，老實説，我還是覺得吃羊肉羊肚，最好原汁原味，不夠鹹的話，加點韮菜花磨碎的蓉，或來兩三條鹽醃的野生沙葱就行。

看到掛着的木頭豎匾，刻着清人的雜詠：「入湯頃刻便微溫，作料齊全酒一樽，齒鈍未能都嚼爛，囫圇下嚥果生吞。」

店裏賣的酒是二鍋頭，由馮夢濤叫人訂製後送來，其他渠道的貨一概不收，所以喝得特別放心和開心。連醬油也有專人去廠家取貨，再便宜的也不要，絕對保證是從生產廠中拿來。馮夢濤在日本住過六年，對原料配料的挑選嚴謹，也多多少少受到一點影響。

送酒的還有擺滿桌子的泡菜，有糖醋蒜頭、鍋渣、芝麻醬黃瓜等等，心裏美蘿蔔絲的甜度拌得剛好。

這時又上牛肚，有四碟：分別為牛百葉、牛厚頭、牛肚仁和牛百葉尖等。

還以為再也吃不下時，主要的涮羊肉才開始。一看那銅鍋，壁很厚，底很深，這麼一來傳熱的速度才又快又穩定。馮夢濤解釋：「這是我們訂製的。文革之後周圍的老百姓都紛紛把家裏的老火鍋拿來賣給我們，都派不上用場。」

這多可惜！要是收集拿到香港來當古董賣，可發達了。

羊肉都是手切的，馮夢濤說：「我們店裏切得特別厚，有些客人還吃不慣呢。」

涮羊肉，我看到冰凍後刨成一圈圈的就倒胃。肉不是手切，又不夠厚的話，怎行？

一隻羊，最靠近頸項的叫「羊上腦」。有三成肥，很嫩。羊背外面的叫「大三叉」，最肥，有五成肥肉。羊背裏面的叫「羊裏脊」，很嫩，但全瘦。更深一層的叫「羊筋肉」，也是五成肥。大腿前節叫「一頭沉」，嫩。大腿裏面的叫「羊腱子」，全瘦，但脆嫩。靠近尾巴的是「羊磨檔」，只有二成肥。整隻羊最高級的是靠近腹部，或一條條形狀的「黃瓜條」了。

現在堅持把肚和肉分得那麼清楚的也只有「馮金生」了，有的店只是一碟碟，吃甚麼部位都不知道。

我欣賞涮羊肉，不喜一片片涮，而是用筷子夾了一大團肉，放進鍋中，是不是可以吃了，全憑個人的感覺，從不問人：「熟了沒有？熟了沒有？」

這家人的羊，肉雖切得厚，但軟熟無比，香味撲鼻，吃了要肚脹才知道停筷，這一頓，過癮之極。

地址：北京市西城區德外安德路六鋪炕1巷美食街
電話：+86-10-6527-9051

北京寶格麗酒店

來北京已經是無數次了，所住的旅館也多不勝數，至今為止，我最喜歡的，還是「寶格麗酒店」。

寶格麗是家意大利珠寶公司，這塊牌子最注目的是，把原名的 BULGARI 中的那個U字，設計為V，作為 BVLGARI，令人一看難忘，是神來之筆。

很多朋友奇怪，一向不愛首飾珠寶的我，為甚麼會與寶格麗搭上關係，我嚮往寶格麗的原因，來自年輕時看費里尼的《甜蜜生活》時，羅馬的維亞梵尼康大道上的珠光寶氣，當年的皇親國戚都來朝聖，荷里活巨星也雲集在此，沒有文化的美國人，竟然喜歡寶格麗的產品，當年紅遍天下的寇．道拉加斯一到羅馬，即刻去寶格麗店中買首飾，被拍了一張照片，留着小鬍子，英俊非凡，現在這張黑白照片，被掛在酒店餐廳的男廁牆上。

剛成為富豪時，會買一個勞力士錶，後來有點品味，才光顧寶格麗，它的手錶設計，有女性的充滿寶石的蛇形女裝錶，極容易佩戴，往手腕上一套就是，至今還是一個最經典的設計，沒有別的牌子能夠代替。

我也禁不住買了個男裝的，手錶藏家古鎮煌看到了，批評說：「買那麼貴的手錶，應該着重在機械錶上，才有保值的價值，你這個是石英錶，二手沒甚麼市場。」

他不知道我買的是設計，白金的錶帶，黃金的扣子，很輕易地戴上和除下。到現在我換過了很多手錶，但沒有一個比得上它的，可惜現在已不出了。

後來在世界各國旅行，最高尚的酒店用的化妝品多數是寶格麗產品，尤其是淺藍色的肥皂，有一陣難忘的幽香，令我愛不釋手，當今也不出了，變了一種味道，已經沒有甚麼好談的。

儘管如此，北京的寶格麗的確是一座精品酒店，只有一百一十九間房，我住的是小套房，也寬敞得很，設計簡單平凡，非常之優雅，每一寸空間的利用都花盡心思。當然，最愛的還是全面的電動噴水馬桶，這種設備，多數美國的大型酒店，即使是五星級，也不肯置之。當今生活質素的提昇，人們已經發現這是基本的享受，用過的人，已經不會回頭了。

當然全酒店最好的是它的餐廳，其他旅館一定有三四家餐廳讓客人選擇，北京的寶格麗只有一家意大利餐廳，由三星名廚 Niko Romito 設計菜式，很嚴格地挑選他自己喜歡的菜式，決定了下來，不准其他廚師變更，這也是保證飲食水準的一個重要環節，否則各個大廚做自己拿手的，就沒有所謂的 Signature Dish 招牌菜了。

之前，鍾楚紅來北京住過，我在榮寶齋舉行書法展時她剛好來了，試過之後向我再三地推薦，我因事忙沒有接受她的邀請前來試菜，這回自己入住，可以慢慢享受。

我一共住了三天，抵埗時剛好去吃中飯，當晚晚餐也去了，翌日中飯再去一次，晚宴雖然是大眾化的菜式，也是該餐廳設計的，加加起來，一共吃了四頓。每次，我都向經理說要吃不同的，而且兩人點的菜都要不同，分來吃的話，花樣更多。

好餐廳的麵包一定是自己廚房烤出來的，北京寶格麗當然也傳承，每一頓都有一個柚子般大的黑麵包，圓形分成四塊，吃慣英美麵包的客人也許嫌硬，但它有一陣香味，是別的麵包沒有的。

接着的是一塊圓形切成一半的東西，試了下來，才知道是一層層的白菜，上面鋪着的醬也有點芥末，很像北京老菜芥末墩兒，做法則似開水白菜，用肉碎來清除雜質，很適合我們的口味。後來發現蔬菜的菜式很多，大廚 Niko Romito 一定不是在靠海的地方長大，他和他的妹妹 Cristiana 在短短七年之中，已自創了許多名菜，得到了三星的榮譽，他們守的宗旨是簡單，而從簡單之中創出不平凡來。

接下來的意粉，是用了各種不同樣子的，這回採取海味，以魷魚切條和八爪魚鬚混入，增加鮮味和口感。肉則是把野豬烤的脆皮為主，再來又是蔬菜，蘿蔔打成的泥和菠菜加奶油，另有醃洋葱和醃番茄，把五花肉醃製了切成薄片，我就寧願吃龐馬火腿了。

海鮮中有多種是生吃的，老實說，受了日本人影響之後，除了香港的蒸魚，西餐的海鮮要不是刺身，就感到不好吃，意大利人老早也有吃魚生的傳統，做起來得心順手。

餐廳裏不賣披薩，要吃的話有相同的烤麵包，上面鋪着番茄、蔬菜和醬料，味道不錯，但說到最好吃的，還是他們的迷你水餃，另外有迷你雲吞，也做得非常出色。

說到風景，我每到一家酒店，如果望出去的景色值得一提的，就拍一張照片，題為「窗景」，取room with a view的意思，北京的寶格麗，沒有拍照片的慾望。

房間很冷，溫度計怎麼調還是二十六點五度，原來是為安全問題，不能再高。那冷了怎麼辦？酒店服務部會送一個電暖爐過來。這是最低要求，入住那麼貴的酒店，千萬不要客氣，有甚麼問題即刻叫人來解決好了。

生螃蟹的承諾

「明年秋天，螃蟹肥時，我會再來。」我向李茗茗承諾。

李茗茗是青島出版集團旗下的新華書店董事長，二〇一六年該集團為我出了一本叫《蔡瀾旅行食記》的書，大家聚餐，談起韓國首爾「大瓦房」的醬油螃蟹有多好吃，李茗茗聽了不服：「我們萊州勝水鎮的螃蟹，肥得不得了，也生吃，那飽滿的金燦燦蟹黃，絕對令你一吃難忘！」

「怎麼做的？」我問。

「先煮好一大缸鹽水，放涼。加薑片、花椒葉和花椒籽，料酒調配。把生螃蟹洗個乾淨放進去，讓螃蟹喝個醉飽，浸了五到十天之後，把螃蟹拿出來，剩下的鹽再次煮沸，重新把螃蟹浸進去，就可以吃了。沒試過的人看到是生的，不敢吃，但是我們萊州有句老話：家有萬貫，不敢吃生螃蟹，不會吃飯。就是那麼鮮美！」

秋天來到，可以出發到青島去了。

二〇一七年青島出版社又為我印了兩本新書，叫《忘不了，是因為你不想忘》，《愛是一種好得不得了的病毒》，談年輕人戀愛問題，也是萬年不變的問題，永遠不會過時的問題。

我和青島出版社有緣份，最初接觸到的編輯部主任賀林，把書編得舒暢，印刷又精美。傳媒副總經理馬琪又是幹勁十足，兩人為我招呼得體貼，都是頭腦靈活的年輕人。這回遇到了董事長孟鳴飛，才知道他怎麼把整個上市集團搞到那麼有聲有色，孟鳴飛談吐幽默、做事果斷，很會用人，其實這類人物，幹甚麼都成功的。

這回去，說是宣傳新書，主要目的，還是吃、吃、吃。第一頓在集團大廈中馬琪主辦的 BC MIX 餐廳用餐，已開了五家，在建八家，到二〇一八年尾將開五十間，把食物弄得很精緻，中菜西上，第一道菜就是生醃螃蟹，這已是我第二次吃的，馬琪知我喜歡，已經在我去上海時託人把一大罐生醃的送給我試，我一吃覺得一味用鹽水，複雜程度不夠，如果能加一點點的糖，更會吊味，這次馬琪依法炮製，做出來的果然出色，但是他說這是不夠正宗，要等李茗茗炮製的才能算數。

生螃蟹吃了不會拉肚子嗎？有人問，做得好的，哪會？韓國首爾大瓦房已上百年了，企立不倒，從來沒出過事，青島的當然可以照吃不誤！

晚上去了人家餐廳，有煮熟的螃蟹，個頭都很大，一整盤有十多隻之多。李先生的父親寫過一篇萊州蟹的文章，說吃蟹也有禁忌：不宜飲茶，否則會沖淡胃，導致蟹肉的某些成份凝固，很可能引致腹痛、腹瀉的。我哪管得了那麼許多，一杯杯濃得似墨的普洱滑進肚中，果然喝出毛病來，後悔當晚為甚麼不飲茅台？

一晚沒有睡好，我也無怨言，自知我這個大吃大喝的人，殺生甚多，幾年一次來個腸胃大清理，也是好事，不過，還是小心一點好。

工作人員看我不舒服，大為緊張，我搖頭說不要緊不要緊，照樣通宵把拿到酒店的那幾大箱書簽完，加上在會場簽名，賀林說有兩千本。

出版社已把我寫過的東西交給網上做錄音書，我一向推廣這種聽聲的閱讀方式，美國已經每出一本暢銷書必同時推出有聲書，像這回我在沿途中，已把 Dan Brown 最新一本《Origin》聽完。錄音書的市場很大，絕不容忽視，青島出版社的觸覺尖銳，已在這方面着手。

是日午飯安排在青島一家叫「船歌魚水餃」的店裏吃，派出國寶級的麵食大師王桂雲來陪我，親身包各種水餃，肚子有點毛病吃水餃最好了。

第一道上的就令我驚喜，一個碗裝着用山藥煮的兩種水餃，一吃之下，才知道水餃可以吃甜的，包着的是山楂和山東出名的萊陽梨，非常之特別。

再下來是黃花魚水餃、黑顏色的墨魚水餃、魷魚水餃、三鮮蠣蝦水餃，另外有種一年只賣四十五天的海膽水餃，也給我碰上了，但是不客氣地説一句，海膽只是生吃才有味道，不然便是炸天婦羅式的，外熟內生的，煮得全熟的海膽水餃，沒甚麼吃頭。

最後的甜品水餃是榴槤水餃和鳳梨水餃，前者我常吃，後者我不喜歡，其實水餃餡也不必為了特別而特別，中間忽然出現的一道又紅又綠的，原來是用青瓜和胡蘿蔔包的，在色彩上取變化，也刺激了味覺，才是平凡中見功力。

除了水餃，就是李茗茗特地從萊州替我醃好的生螃蟹，一大碟生的和一大碟煮熟的，每碟十多隻，放得滿滿地，上桌時頗有氣勢。把生螃蟹剝開，裏面的膏充滿整個殼，又金又黃又紅，那種誘人的視覺，是不可抗拒的，完全是李茗茗花的心思。

「來一點吧，來一點吧。」李茗茗説。

但是想起自己前一晚雙手掩着肚子的痛苦，說甚麼也不敢再碰，本來死就死，吃了再算數的，但是接下來又要乘兩個多鐘的高鐵去濟南簽多一場書，如果吃了影響工作還是不當的。

我看着李茗茗，再次向她承諾：「明年秋天，螃蟹肥時，我會再來。」

兩個約會

在二〇一八年十月五日，我又飛到青島，這次有兩個約會，一個是在青島出版社大廈裏面開行草展，另一個是十月螃蟹最肥，和李茗茗約好去吃生腌蟹。

早上的港龍，下午一點多抵達，兩個半小時的飛行，一點也不辛苦，我的書的編輯賀林來接機，直接到出版社去看書法展的準備，九千多呎的展場，一共有兩層，負責展出的是杜國營，他對我的書法裝裱和佈置已有了經驗，這回很輕鬆地辦完。

連同蘇美璐的插圖原作，一共有一百多幅，杜國營問我有甚麼改動的地方？我搖搖頭，和他合作，真的有「你辦事我放心」的關係了。

看完已經接近下午三點了，中餐就在出版社大廈裏面的ＢＣ美食店吃，董事長孟鳴飛和他手下的大將都來了，見到面格外高興。這回展出全靠他們的支持才能辦成，集團董事會秘書馬琪知我所好，已將青島啤酒的原漿買來，我一看即說：「晚飯不如取消了吧，這麼一來喝啤酒才能喝得痛快。」

咕、咕、咕、咕，原漿啤酒鯨飲，下酒的是蠣蝦，個頭不大，但味道極鮮美，深得青島人寵愛。另有海鱸，用淡鹽水腌漬，肚皮朝下擺，用石板壓住，腌個七八天，發酵後有古怪味道，是令人吃上癮的主要原因。

除了啤酒，另有嶗山百花蛇草水，有些人一聽名字即嚇得臉青，說是天下最難喝的飲料！真是外行，蛇草與蛇的關係只是草上的露水，白花蛇特別喜舔而已，本身一點異味也沒有，冷凍後更是好喝，另有解酒清熱的功效。

「BC MIX 美食書店」

地址：青島市嶗山區海爾路 182 號出版大廈 3 號樓 1F

電話：+86-532-6806-8078

喝個大醉，入住香格里拉，以為倒頭即睡，那知書店方面拿來了七百多本書要我簽，勉為其難照辦。和編輯賀林商談，想出個新辦法，那就是以後把內頁寄到香港，簽完夾在書中裝訂，何樂不為？

接下來那幾天早餐都在酒店吃，那些莫名其妙的歐美或仿日式的自助餐實在難於嚥喉。一直不明白酒店的早餐為甚麼不能加當地特色呢？這是外地人最想吃的呀，來些山東大包或各種餡料的水餃，還有涼粉，那該有多好吃呀！

十月六日，上午九時，在青島出版大廈一樓大廳舉行簡單的開幕，這是我要求的，我最怕甚麼隆重的儀式，最好是甚麼儀式都沒有。

儀式完畢後集團董事長孟鳴飛親自交來聘書乙份，請我當文化顧問，我一向對甚麼甚麼顧問不感興趣，但這份工作，我會很用心地把它做好。不然對不起孟鳴飛兄的友誼。

還是談吃的吧，當天中午去了一家叫「銘家尚品私家菜館」的館子，出名的小菜很多，留下印象的還是「涼粉」。我對青島的涼粉印象極佳，每餐必食，而且每家餐廳的調料都不同，吃出癮來。涼粉是選用海底生長的石花菜，晾乾後小火煮三小時，把石花菜的膠質熬出，自然冷卻結凍，再淋上等的老醋；若用意大利古董醋，味道也應該不錯。

最特別的還是「脂渣」，這就是我們叫的豬油渣了，不過青島人把豬油切得又長又大，炸後縮小，也有大雪茄般粗，拿來下酒一流。

印象深的還有「遼寧南果梨」，個頭不大，樣子也不出色，但一聞有陣幽香，咬了一口，像水蜜桃，極可口，是我第一次吃到的。

地址：青島市嶗山區燕嶺路與桐嶺路交匯處

電話：+86-532-6872-1919

吃完回到展場，接受各媒體訪問，還有在書和海報及各種衍生品上替讀者簽上名字，賣得特別好的，是這次青島出版社為我出的書法精裝《草草不工》。

到了晚上，重頭戲來了，青島新華書店董事長李茗茗特地從萊州運來當天腌得最合時、最成熟的野生梭子蟹，選的是活着的「火蟟蟹」，餓它兩天，用鹽水浸泡，這時口渴的蟹，喝的鹽水流滿全身，放進罈子封口浸兩天再拿到我們飯桌上，那麼大的蟹一人一隻，吃進口也不覺得太鹹，肉反而有甜味，我一隻不夠，吃足兩隻，才對得起它。

地點在當地的老牌子「老船夫」，招牌不管客人認不認得出，用草書寫了一個「老」字，店裹名菜很多，海鮮為主，但可能我已不能吃太硬的東西，發現「青島船夫大海螺」的螺真是比我老了，「溫拌活海參」也硬，「土雞燒鮑魚」兩者都咬不動。

反而是最不豪華奢侈的「撈汁茭瓜絲」精彩，用本地茭瓜，學名西葫蘆刨絲，店裹特製的蜜汁調味而成，可獨自吃兩碟。「醬椒鯊魚肚」也很特別，「海膽黑豬肉水餃」便遜色，海膽這種食材一熟了就不特別。

地址：青島市嶗山區東海東路60號

電話：+86-156-5321-2528

在青島的第三天，一大早去看古董，叫「昌樂路文化市場」，友人說當今擺的假貨居多，怕你看不上眼，我回答一點關係也沒有，真古董我也買不起，主要的是去感染一下當地藝術市場的氣氛。

街兩旁都擺滿露天小檔，裏面有古玩及文房四寶舖子，更有一個古玩地舖廣場，賣的東西，葫蘆甚多，大大小小，有些還是一連串，好玩得緊。更多買賣是核桃核，這兩顆拿在手上把玩的東西，想不到還能玩出火來，最貴的價錢令人咋舌。中國人更拿手的是為物品取名，把核桃核叫為「猴頭」、「四座樓」、「官帽」等等。

到處詢問有沒有古董手杖，見到的都是次貨，老頭子笑說：「你手上那根已經夠好了。」

又回到書法展現場去，在青島的時間不多，盡量在展場中出現，與前來參觀的人交談，展出之前在網上發了照片，已有多人打電話訂購，加上在現場賣的，銷了不少。

最多人買的是那幅「帶雨有時種竹，關門無事鋤花，拈筆閒刪舊句，汲泉幾試新茶。」寫了又寫，賣了又賣。放在館中央的「只恐夜深花睡去」也給廣州的一位愛好者打電話來買去。還有多人訂購「好吃」、「好味」等，我想一定是食肆老闆買的；如果要題上餐廳名得加錢，單單這兩字就便宜了，他們算得很精，不過各位看到沒有上款的千萬別以為是我在讚揚味道好。

中午去一家叫「怡情樓」的，由兩姊妹所創的品牌，已有二十五年歷史，算是站得很穩的了。

吃了一道非常特別的菜叫「海蜇裡子炒膠州白菜」，所謂裡子就是內層，像個西裝，外面綿質，內層絲質的就是裡子。要把海蜇的內層剝出來極為不易，它是海蜇最好吃的部份，清脆爽口，吃起來有點豬肉的味道，故亦稱「海裏的瘦肉」，燉了白菜呈乳白，色香味俱佳。

「怡情熱豬手」是店裏做了二十多年的看家菜，我每遇到豬手豬腳，必問廚師怎麼去掉磨砂似的細毛，這家人老實，在說明書上已經表明用火槍去燒，再以刀刮乾淨處理。借鑑了日式豬手的做法，用「萬」字醬油和米酒，加冰糖文火燉了三個半小時而成，至於為何用「萬」字醬油則沒說清楚，原來日本醬油煮久也不變酸。

店裏還有些海鮮，像「雞油蒸本地刀魚」，都是蒸得過火，已失鮮味。

「煙燻牛小排」用中式方法烹製牛肉，融入西班牙分子料理的果樹木屑煙燻法製作，不中不西，我只看樣子就不想舉筷。

菜上完後，我還聽到他們家的蝦醬做得好，即刻請師傅來一道，用雞蛋蒸出，果然非常特別美味，一定會受外地客人歡迎。

末了，吃「沾化冬棗」，這種棗個頭巨大，有各種顏色，吃進口爽脆到極點，鮮甜到極點，和一般市面上賣的相差個數千里。沾化冬棗栽種歷史悠久，百姓自古就有「房前屋後三棵棗」的説法，果然厲害，比魯迅家多了一棵。

「青州蜜桃」也好吃，外表奇醜，但到了十月十一月還生長，味極甜，與夏天的水蜜桃有得比。

在店裏吃到了最甜的「甜心烤煙薯」，選用煙台崑崙山的紅薯，如果你不相信甜似蜜這句話，你去他們家試了就知道我説得沒錯！

本來是一餐很完美的飯，兩姊妹招待得也好，可惜在廚子滔滔不絕地從頭到尾，不管你愛不愛聽的講解，像一部重複又重複的殘片旁白，又隨時拋出陳曉卿也來吃過的「書包」。真的可憐，我去到甚麼地方都聽到廚子和他拉上關係。

晚上孟鳴飛兄宴客，請在香格里拉的「香宮」，又有青島市副市長王家新兄作陪，菜沒甚麼可談，王家新兄是一位書法家，大家的共同語言滿多，相談甚歡。

返港之前，去了「青島大學」作一場演講。我每到一處，要是當地學府肯邀請，我必欣然前往，和年輕人交換意見，是我最喜歡的。

演講完畢被學生發問，有一位剛和女友分手，問我怎麼辦，我說失去一個，也許換回許多個，不是悲哀的終結，是歡樂的開始，這個答案他似乎很滿意。

說回腌生螃蟹，萊州的真的有那麼好吃嗎？好吃的水準又是甚麼？其實一切都是比較出來，各地都有生腌蟹的吃法，浙江人的醬蟹也不弱，勝在大閘蟹的膏，其香無比。韓國人用醬油來生腌，膏雖比不上大閘蟹的，但醬得出色，極為鮮美，一試難忘。我家鄉的生腌，用鹽水和醬油各一半腌上半天，吃時斬件，撒甜花生末，淋白醋，也極殺飯，但那是媽媽做的，我帶着感情吃，當然美味，其他省份的人試了，不一定讚好。萊州腌生蟹吃的是山東朋友的熱情，如果你叫我再來，我會的。

重訪鄭州

從上海到鄭州，我把飛機行程算了算，結果還是選乘四小時的高鐵。本來還可以在南潯古鎮住多一晚，翌日就可以避免上海的堵車，但是拍完廣告後，還是漏夜趕回上海這文明都市，下榻我住慣的花園酒店。

抵達時已是晚上九點，到酒店裏的「山里」，隨便叫了一個鰻魚飯，吃飽了可以趕快睡覺。「山里」雖說是城中最好的日本料理之一，但所做的鰻魚飯，一看湯就知不正宗，上桌的是麵豉湯，不是鰻魚飯應該配的鰻魚肝腸清湯，但已疲倦，不去講究了。

安安穩穩地睡了一夜，隔日一早乘車到火車站，走好長的一段路，才登上月台，下車時路更遠，這是坐高鐵須遭的老罪。

便利店裏吃的東西應有盡有，買了肉包子、粽子和一大堆零食，把上回乘高鐵時吃便當的陰影忘記了，口袋中還有許多包旅行裝的老恒和太油醬油，買足了保險。

這四個小時的行程過得不快也不慢，中間還停了沒有去過的無錫，這是我繪畫老師丁雄泉先生的故鄉，一直嚷着要去走走，下次決心一遊。也經南京，已到過，秦淮河河畔的仿古建築都像為了拍電影搭建出來的，東西也不算好吃，南京沒有特別的事，是不會再去的。

口寡，剝開一包雲片糕，車站買的有各種味道，甚麼綠茶、巧克力之類，吃了一包原味的，把牙齒黐得口也張不開，送給同事們，他們也不要。

睡睡醒醒，買了「金庸聽書」，這個 app 很容易找到，我是整套買的，播播停停，並不像外國錄音書那麼流暢，但金庸作品總是吸引人，想盡辦法也得聽下去，是旅行的好伴侶。

終於抵達鄭州，入住的酒店事前有幾家讓我選擇，我決定了「文華」，到了一看，此文華非彼文華，是「萬達文華 Wanda Vista」，英文名沒有 Mandarin 一字，避免法律糾紛。

是在一座大廈裏面的，學足西方，大堂設在四十八樓，再往下走，房間很新，裝修方面有說不出的土氣，馬桶沒有噴水。發現熱得要命，牆上的空調器怎麼按，也低不下二十七度。熱得難耐，請工作人員來調，說是熱水器沒冷卻下來，把窗戶打開小縫就可以人工降溫。既來之則安之，不再投訴。

放下行李，已到晚飯時間，便往外跑，從北京來的好友洪亮兄已抵埗，還有一位叫「戰戰」的美女食家陪同。

洪亮是我最信得過的朋友，他是著名相機哈蘇的客務經理，要到大陸各地去為產品設講座。工作之餘，就勤力地去吃和寫文章拍照片，他的口味高級，評論公平，根據他介紹過的去找，沒有一次失望過，有了他的陪同，這次的鄭州之行不會錯過當地美食，而且鄭州他也來過多次。

在鄭州的第一餐吃甚麼？

當然是最有代表性的燴麵了。

鄭州的燴麵，分原湯和咖喱味。咖喱味？一聽就知道是近年傳下，古時候誰會吃咖喱？當然選原味的。洪亮選了兩家出名的，其中一間只賣咖喱，另一家兩種都有，我兩種都想試，就選了「老四廠醉仙燴麵館」，地點在四廠，四廠指的是鄭州第四棉紡廠。但這家人說最早的燴麵，也是咖喱，反正兩種都有，試試就知哪種好吃。

最先上桌的是涼菜，涼拌豆角和熗拌土豆絲，都沒有甚麼吃頭，接着是燴丸子，燴也可說成炸，這一碟十顆左右的大肉丸子，因為麵粉下得多，本身沒甚麼肉味，喝了一口湯，也淡如水。

接着是炖小酥肉，一大碟包着麵粉的肉條，炸了再煮，不酥，也沒有肉味。我不能一直嫌棄，鄭州人吃慣的東西，鄭州人一定喜歡，我們外來的就不怎麼欣賞。

再下來的羊脊骨就好吃了，脊骨中間都露出一條條很長的骨髓，我專挑來吃，骨旁的肉不多，但慢慢撕，慢慢嚼，很美味，或者，凡是與羊有關的，我都覺美味吧！

好了，主要的燴麵終於上桌，一看，麵條是闊的，但不像西安的 biang biang 麵那麼闊大，麵上有點豬肉，再上面的是大把的芫荽，湯上還浮着大量的芝麻，共有兩碗，一碗是原味，一碗是咖喱。

先喝湯，極鮮美，一如所料，還是原味的好喝，很濃，麵雖寬闊，但也不硬，煮得軟熟，吃呀吃呀，結果兩碗麵都吃得精光，鄭州燴麵，是值得一嘗的，洪亮沒介紹錯。

地址：鄭州市中原區國棉 4 廠中街 76 號樓附 5 號樓

電話：+86-150-0387-5690

回到酒店，說洗手間熱水管爆了，我放在裏面的內衣褲也被弄髒，安排我換了一間大套房，這回可好，有噴水坐廁，結果也糊裏糊塗睡了一晚。

翌日起床，到鄭州四處閒逛，全市大興土木，和我十八年前來的完全兩樣，鄭州位於全國中央，是從前所謂的中原，各地交通和貨物都要來此轉運，經濟非常發達，原來我們住的是新區，舊區倒是沒有甚麼變化，空氣和其他省一樣，被霧霾籠罩，灰灰暗暗。

一大清早就由洪亮帶路，去吃鄭州另一代表性的食物：胡辣湯。最出名的一家叫「方中山」，已發展為連鎖店，所做的湯料，也賣到海外，在澳洲也可以在中國超市找到。

胡辣湯是甚麼東西？和名一樣，糊糊塗塗，濃稠的湯汁流掛在碗邊，也不擦去，這也許是特色之一吧！先喝一口，沒想像中的辣，其實是一碗大雜燴，裏面有牛肉、花生仁、黃花菜、木耳、麵筋等，熬到一定程度調芡粉注入，最關鍵的調味料是胡椒和醋，做成的湯呈暗紅色。還有，忘記講的是下粉皮或粉條，鄭州人的食物，甚麼都加粉皮或粉條。

除了湯，還有牛肉盒子，那是一塊填滿了牛肉碎的餅，另有葱油餅、肉包子和素包子。著名的豆腐花，吃鹹的還是吃甜的？北方吃鹹，南方吃甜，鄭州在中間，鹹甜都有，加在胡辣湯上吃也行，單獨吃亦可。

老闆方中山親自相迎，人很和善，大家拍了不少照片。

地址：鄭州市金水區紫荊山路3號新月大廈1層

電話：+86-0371-6630-2188

中午洪亮帶去「宋老三蘇肉羊肉湯老店」，賣的「原油肉」是清真料理的一道名菜，用的是肥瘦相間的羊肋條肉，下鍋煮至筷子能捅進去的軟熟度，帶脂肪的朝天，切成長條，然後用老抽、香料、麻油拌勻。瘦的一面置於碗底，葱段、八角，放回籠去蒸燜，最後加湯，因為不加其他油，只以原油蒸製而成，故稱原油肉。

喝了一口湯，濃郁之至，羊味剛好。當然有羊味會羶，怕羶的人別嘗，浪費上好的羊肉。湯有肥的或不肥的，我當然選前者，吃羊不吃肥，甭吃。

地址：鄭州市管城回族區法院東街30號

電話：+86-136-2984-4078

晚上，到「巴奴」吃火鍋，我的讀者都知道我對火鍋的興趣不大，為甚麼去了？我最愛吃的是毛肚，而他們的主要食材就是毛肚，很久之前吃過一道毛肚開膛的菜，印象深刻。到了店裏一看，一盤盤的，都是洗得乾乾淨淨的毛肚，一片片，手掌般大，洗是洗得乾淨，其實還是黑色，毛肚如果被漂白得成為白色，那麼就連味道也沒有，不吃也罷。

黑色的毛肚可在特製的辣湯中燙，也能在牛肝熬的清湯裏涮。吃進口，爽脆非凡，一點也不硬，的確沒有來錯地方。而毛肚開膛的另一個主要食材，就是豬腦，老闆杜中兵把一大碟至少有十副以上的豬腦放入辣湯中，眾人看着豬腦滾了，正想舉筷，杜中兵說等等，等等，等了又等。可以吃了吧？杜中兵還是搖頭，在加了茂汶花椒的辣湯中滾了又滾，同桌的所謂食貨口水流了又流。

老闆杜中兵說：「不要着急，紅湯煨腦花，煮上二十分鐘，罅隙吸入濃湯，讓豬腦慢慢縮緊在一起，把辣味鎖住才好。」

終於，大家吃過了豬腦之後，都望着我發表意見，我輕描淡寫地：「吃了這個腦花，才知道，只有和尚會說豆腐比甚麼都好吃。」

杜中兵知道我想吃野生黃河大鯉魚，特別為我準備了三尾，廚師拿上前來給我一看，竟然是金黃色的，而且巨大非凡，切片後在清湯中灼熟，吃過了才知甚麼叫黃河大鯉。

地址：鄭州市鄭東新區金水東路萬鼎商業廣場1樓

電話：+86-400-023-2577

飽飽，睡了一晚，最後一天在鄭州，要完成多年來的願望。十八年前來的時候，光顧了一家叫「京都老蔡記」的水餃店，吃後驚為天物，説要是香港有那麼一家就好了，想不到老闆蔡和順隔了不久就來到香港，與我研究開店的方案，但那時我的資金不足，與我合作的拍檔又説租金太貴，冒不起這個風險，結果店沒開成，我對蔡和順抱一萬個歉意。十八年來耿耿於懷，一直想去見他親自説一聲對不起。

後來寫了一篇文章，看過的人，像洪亮，也都去試了，向我説道：「感覺一般，而且改為用布墊底了。」

到了店裏，見到了蔡和順本人，互相擁抱，他説要親自下廚替我包餃子。現在也和鼎泰豐一樣，隔着玻璃看到嚴謹的製作過程，蒸籠底部還是用松針鋪着，用布的是其他人開的，老店一成不變，蔡和順説變了對不起祖宗。

松針的處理方法：一洗、二煮、三蒸、四煮、五泡水，涼了之後抹上麻油，這是老蔡記的秘方，使用的是東北白皮松的松針。

蒸餃一籠十二隻，賣二十二元人民幣，吃進口，汁標出來，眼淚也標出來，那麼多年前的滋味完全重現，感動到不得了。

老蔡記始於一九一一年，已有一百零六年歷史，蔡和順是第三代傳人，當今喜見有第四代的蔡雨萌接手，在鄭州的本店最為原汁原味，大家可別像洪亮一樣找錯其他店。

除了水餃，還賣餛飩，用老母雞炖湯，湯裏有切成絲的蝦肉皮和雞絲、紫菜和麻油，紫菜特別好吃，來自浙江，一碗才賣八塊錢。

依依不捨道別，蔡和順說：「想吃時，你隨時打電話給我，我隨時飛去香港包給你吃。」

地址：鄭州市中原區工人路與伊河路交叉口西 150 米路北

電話：+86-371-8660-6199

靖江之旅

被靖江電視台邀請，參加當地的美食節。

靖江是怎麼一個地方，沒去一點印象也沒有。從香港飛南京最近，下機後還要乘兩小時車才能到達。

一上高速，就沒甚麼風景看了，中途停一休息站，遠處可以望到茅山。對了，就是茅山道士那個茅山，問一路陪伴我的徐松兄，有沒有看過殭屍，他搖頭。沒時間遊茅山，拍了一張照片算數。

很快地就到了靖江市，原來這還是中國造船業的第三大，江邊看到無數的巨大造船廠，多為貨櫃輪。人口只有六十多萬的小城市，建築物新式，蓋上瓦頂，沒忘記古風。

下榻的靖江國際大酒店很乾淨，總經理劉建楓人長得端莊，原來是我的讀者，招呼周到。晚飯時間到了，被招呼到一家全城最精緻的「百盛餐廳」去，吃所謂的

「裸宴」。當然與肉體無關，裸宴是一點味精等的調味品都不加的酒菜，吃的當然是靖江最著名的河豚了，據說蘇東坡當年，也是在這裏拚命吃的。

各種的做法，數之不清，也不管有沒有毒，試了再說。很對不起地說一句，吃不出預期的鮮甜。最肥美的我吃過，比較之下，才那麼批評。當今國際情勢緊張，也不講是哪裏吃到的，免得爭執。說這種話是有道理，原來長江野生的河豚已被吃得絕種，這裏嘗到的都是養殖的。

但是繼續上桌的「湯包」，哎吔吔，堪稱全國第一，中國第一，也就是世界第一了。這裏的湯包個頭甚巨，西柚般大小，皮非常薄。餡是用老母雞熬出來的鮮湯，和去了肥的豬皮煮出來，結成凍。另一邊廂，拆出長江毛蟹的肉和膏，混着蟹肉，不能預先做好，不加任何調味品，包了三十四褶蒸個十五分鐘左右，湯包即成。

吃時不能一口咬下，否則燙唇，汁亦濺到一身。先開一小口，吸取湯汁，隨着把薄皮嚼光，真是天下美味，其他形式的湯包都不能和它比，句句真實，人生到了這個階段，也不用拍馬屁了。

靖江美食甚有文化，不喝酒的，侍者獻上一杯「米湯」，是濃稠的粥水，用來包着胃壁，酒喝多了，也不傷之。這種方法其實最適合香港的食肆，也不知香港女人為甚麼那麼怕冰冷的飲料，總叫一杯熱水。這杯最無味的東西怎會好喝？到了西方，還會被恥笑，不如喝米湯去，又健康又美味。

真是活到一百歲還有新東西可嘗，餐廳老闆聞曉明拿出一盤彎彎曲曲，像珊瑚狀的東西。褐色，其貌不揚，別小看，一嚼之下，流出比甘蔗更甜的汁來，叫「金鈎鈎」，另名拐棗。原屬椇枳科，是樹的果柄，結子之後可當藥，在藥材店裏買一把椇枳，煎後服了，即解宿醉，若與人鬥酒之前喝下，千杯不醉，我親自試過，靈驗得很。

湯包吃過上癮，翌日早上，就到全城最著名的湯包之家「南園」去，單單靠一味湯包，這家餐廳之廣闊，的確可用「園」一字形容，又另有賓館，可供客人住宿，取名為「南之緣」。

湯包大師陶晉民前來招呼，帶我到廚房去，把湯包的製作過程毫不保留地教導，畢竟這是多年累積的經驗和味覺傳統，也不是旁人一朝一夕學得來的。

南園除了賣湯包，其他還有大餅，充滿了葱，煎成一個個的黃金大餅，也挺好吃的。

餐廳內掛着友情提醒的牌子，說「湯包不等客，客要等湯包」，因為現做現蒸需時，常為搶包子而打架，餐廳一天可蒸三千籠，一籠四個，過節假日時還要加倍，數量不能說不驚人。

再去美食節的會場，各餐廳展示新產品，有的把湯包做成西瓜般大，要用特製的蒸籠才裝得下，看樣子也較小的好吃不到哪裏去。

其他廚師大展身手，來來去去，還是受了法國餐的壞影響，儘用醬汁在碟上畫畫，看了只有苦笑一聲。

新式的湯包，加入用河豚熬出來的湯，其實自然生長在長江的毛蟹，用它的蟹黃來做已經夠好。長江蟹和大閘蟹不同，腳較長，充滿金毛，因為長江水流急，要用長腳才能抓住水草，野生的已罕見，但還有，應該趁早品嘗。

靖江的美食還有羊肉，有些人以為是草原上才有，其實江邊上的羊甚肥，味極美。去了一家叫「銀海桑木橋老羊肉店」的，吃個全羊宴，真的是從頭吃到尾，幾本介紹靖江美食的書上都忽略了羊肉，可能是作者吃不慣羊羶。但吃羊就得吃羊味，一點羊味都沒有，不如吃豬去。飯店做的種種羊之中，最好的還是最基本的羊湯，用大量骨頭和肉熬了幾小時，湯呈乳白色，鮮甜得要命。吃後問老闆消費多少，他說怎麼吃，一人頭也不過一百人民幣。

靖江離蘇州、無錫等地都是一小時左右的車程，還能經過以紫砂壺出名的宜興，下次探路之後，組織旅行團，再帶各位去大吃大喝。其實，只是靖江的那一味湯包，也值得一遊了。

洪澤湖大閘蟹

「有人找你推薦宿遷的美食。」助手楊翶説。

「宿遷?在哪裏?」我聽都沒聽過。

「屬江蘇省，據説是省內最貧窮的地方。」有興趣了。

剛好有公事去北京，宿遷的泗洪縣委朱長途和當地的電視台台長金同闖以及工作人員一行七八人跑來北京見我，帶着兩大籮大閘蟹。當晚就請餐廳蒸了，果然不錯。

就約好時間去考察，地點是泗洪洪澤湖的濕地，從香港飛南京，抵埗後再乘汽車，三小時車程。抵達高速公路的路口，看見幾個大廣告牌，有我的照片，拿着螃蟹，是那天見面時拍的。

當地政府投下大量資源，開發洪澤湖的旅遊業，在湖畔建了多間度假屋，該晚適逢中秋，被安排在那裏下榻。

真是孤陋寡聞，原來洪澤湖是中國第四大淡水湖，面積有一千六百平方公里，水漲時還達三千五百公里呢，靠近宿遷的泗洪這邊，湖水很淺，而且由淮河流入，出到大海，是活水，最適合養殖大閘蟹了。

正因為湖淺，湖底有茂密的豬鬃草，棲息在這裏的大閘蟹在水草上爬行，與水草不斷地磨擦，因此肚子都是潔白的，背殼也乾淨，青墨綠色，故稱之為青背。腿毛金黃，長達三四厘米，爪更是長而有力，但這些特點，以前的陽澄湖大閘蟹都具備的呀。

當今陽澄湖的年產量是三百多噸，哪夠全國的需求？而洪澤湖的年產量三千多噸，比陽澄湖多出十倍，還據説多是由這裏拿過去，「洗澡」一下的，是不是真的不去研究，我試過了，覺得分別不是很大的。

很明顯的是，泗洪的人吃蟹沒有蘇州人那麼講究，我問説那麼多的螃蟹，有沒有人做「禿黃油」呢？他們那邊的人聽都沒有聽過。大閘蟹的副產品，包括了蟹粉和醬蟹，是多麼豐富的一種資源，為何不去發展呢？

在中秋時份吃到的洪澤蟹，膏沒那麼飽滿，因為這裏的溫度比陽澄湖的低。其實，因為氣候轉變，中秋時吃的陽澄湖蟹，也沒那麼多膏，中秋已不是一個好時節，都要往後推。

聽當地人說，洪澤湖大閘蟹可以吃到農曆年，愈遲愈好，這倒是一個商機呀！開頭不必和別地方的蟹競爭，打尾好了。一直賣，賣到過年去，佔多麼大的優勢！

濕地公園的特點也勝在沒有完全地開發，有許多候鳥都集中在這裏，當今國際觀鳥協會每年舉辦的比賽都在別處舉行，洪澤湖的硬件已有，開了多間高級酒店和度假屋，加以宣傳之後，必定吸引世界各地的觀鳥人士來到。

我們乘船繞湖一圈，看到一望無際的蘆葦，在荻花盛開的時候一定壯觀，還有那無窮無盡的荷花，在野生狀態下觀賞，和小池塘中看到的完全不同。一面賞荷一面摘蓮蓬，一個兩塊錢人民幣，大得不得了，慢慢剝開來吃，帶點苦澀，但非常之香。蓮角更是便宜，大大小小的，各種沒見過的，都可在這裏享受。

洪澤湖的菜，不像江蘇菜，也不像安徽菜，是水上人家獨有的吧。蓮莖是每吃一餐必上的，這種充滿氣孔的莖部，和蓮花一樣出於污泥而不染，日本人多數用來生吃，爽爽脆脆，切成薄片一片片上桌，點了醬油生吃。這裏的用來燜，加湖鮮的，加豆醬的，花樣甚多。

有了湖就有鰻魚和泥鰍，鰻魚的種是小的，像黃鱔和血鱔，紅燒來吃，沒有上海菜的炒鱔糊那麼考究。泥鰍是一尾尾整條地燜了，因為肥大，也沒那麼多刺，每口都是肉，好吃得不得了。如果當地人做得仔細點，把泥鰍餓個兩三天，再倒入蛋漿中，餵飽了再炮製，更是好玩又美味。

也當然有甲魚了，我在洪澤湖吃到最精彩的一道菜就是甲魚燜飯。大片的甲魚肉和裙邊紅燒透了，鋪在白米飯上再蒸，好吃得不得了。洪澤湖的大米很有特色，一粒粒肥胖得很，又不像糯米那麼黐黏，香味十足，用這裏的大米來炊飯，也不遜五常的，又是出口到外地的生意。

吃完飯再到養殖場去參觀，在湖邊有無數的小屋子，別地多是用簡陋的建築材料搭成，這裏的是鋼筋水泥，一家人可以住得舒舒服服。旁邊就是淺水湖，圍了起來養螃蟹。從蟹苗到飼料都可以從當地購買，能養多少完全靠場主的勞力，蟹一肥大就能出售，政府全部收購，若嫌價錢便宜，則可自由直接賣到客人手裏，時代到底是不同了。我問蟹農最大的可以養到多大，回答說肥起來有一斤多，即是五六百克了。

回程，在南京住了一晚，是因為洪亮的介紹，在香格里拉酒店裏有一位揚州菜師傅，名叫侯新慶，做的菜精彩，當晚有獅子頭、紅燒肉和蟹粉年糕留下深刻印象。獅子頭的確能做到肥而不膩，當今客人都忘記獅子頭應該吃肥的，其實獅子頭的肥也因時節而變，所配的食材也不同，有些人說肥瘦比例五五，有的說三七，健康人士更是非全瘦不可。我來吃，最好八二，當然肥的是八了，哈哈。

吳門人家

受蘇州大學邀請，去向學生講一次課，並被聘請為兼職教授，當然要乘機大吃蘇州菜了。

那邊人也說，甚少見我寫關於這方面，到底是為甚麼？理由很簡單：不了解。我去蘇州次數不多，在香港和其他各地的蘇州餐廳也少，就沒機會認識了。

從前去時留下的印象有如雷貫耳的松鼠鱖魚、鮍肺湯和奧灶麵。松鼠鱖魚被油炸得又枯又老，醬汁特濃，只剩下糖和醋的味道。鮍肺湯用的是養殖的，無毒，也無味，雖與河豚屬於同科，但與野生河豚一比，一天一地。

只有平民化的奧灶麵最好吃，也許我是一個麵癡之故，對一切麵食都覺得美味。

這回有幸來到蘇州最好的餐廳之一「吳門人家」，第一天預訂了吃中餐，休息之後，晚餐也在這裏解決；翌日在大學演講之後中飯在食堂解決。試過兩餐，印象大好，沒有機會嘗試蘇州早餐，我就向「吳門人家」老闆娘沙佩智說：「中餐來你這裏，但是請你做早餐給我吃。」

沙女士點頭，就那麼決定了。

第一餐有：美味魚脯、乾貝豆仁、陳皮牛肉、火腿松仁、水晶鵝片、蜜汁糖藕、糖醋山藥、蘑菇油、馬蘭頭香乾和拌雙筍十個冷菜。

印象最深的是「火腿松仁」，這道菜把火腿最精美的部份撕成幼絲之後再切為細方塊，松子仁舂碎，加糖和芝麻，就那麼爆，上桌時堆砌成一個「福」字。

試了一口，鹹得恰好，不太甜，滿嘴香味，火腿加松仁加芝麻，怎可能不香？各位聽我這麼一說，也已能夠體會到這道菜的美味。我向沙女士要求，晚餐也要重上此味。另有製作過程極為複雜的「蘑菇油」，看起來平平無奇，蘑菇用菜油煎了一次，取出，再煎，來來去去一共五次，油才會有蘑菇味。

熱菜有官府蝦仁、魚油鰻片、慈禧櫻桃肉、南巡蓮子鴨、吳門蟹粉、藏劍魚、雪蓮子炖金耳、蝦仁香菇春筍、荷塘水仙和雀圓炖菜湯，也是十道。

扮相最美的，味道又好的是「南巡蓮子鴨」。和蓮有關，就那麼簡簡單單把一個紅洋葱破開成八瓣，只取最外層，一朵荷花的造型就出來了，中間看到一粒粒的蓮子，堆成圓球形，哪裏有鴨呢？原來鴨是切成極薄極薄的一片片，把蓮子包裹着。

松鼠鱖魚這裏叫為藏劍魚，用一把小型的真劍做裝飾，魚炸得外乾內軟，而且是剛剛熟的，像廣東人的蒸魚一樣，真是見功夫。淋上去的醬汁，其酸味來自杏，蘇州盛產黃色的杏，水果攤到處可見，用它來做醬，就好像咕嚕肉用山楂一個道理，哪來的甚麼番茄汁呢？

點心和甜品，有蘇式陽春麵和玫瑰酒釀件。

吃完了去餐廳前面的獅子林逛逛，也到了貝聿銘的老家巨宅，都因為遺傳基因好，又從小受最佳的庭院園林薰陶，才培養出那麼優秀的建築師來。

晚餐更豐富了，菜單寫在一個小燈籠上面。

冷菜十二道：油爆蝦、魚鬆、薑鬆，乾貝鬆、辣白菜卷、蘭花茭白、蒸筍鴨絲、金聖歎花生米、蘇式滷鴨、蜜汁南瓜、金針藥芹和素火腿。

都精彩，單單舉一道「薑鬆」吧，所謂鬆，就是切成極幼細的，再去炸出來。最普通便宜的薑，做出來之後，竟然吃出甜味，問有沒有下糖，沙老闆搖頭。完全靠刀功，而這種刀功不像把豆腐切成髮絲那麼誇張，感覺上也不會有沾了廚師的手味，是非常好吃的。

熱菜十一道：蝦仁餅、御賜鹿筋、芙蓉塘片、蒸窩鴨絲、杏燻四美羹、八寶梅花參、一品醃篤鮮、鳳尾蟹、奶油白菜、植物四寶和碧綠鴿蛋茶。

那道「八寶梅花參」，是我吃過的把海參做得最入味的佳餚，用筷子一夾就行，不必動用刀叉，比其他名廚做得更好，不相信各位去試，就知道我沒説錯。

印象最深刻的反而是最平凡的家常菜醃篤鮮，這裏已分開一人一盅炖出來，盅底有鮮筍，上面一方塊，有片火腿、肥肉、瘦肉，再夾火腿，再夾肉，最後用稻草包紮起來，仔細一看，不是稻草，是醃筍尖撕下來的絲。我後來把照片在微博上一發，眾網友驚嘆其功夫之幼細，只有韓大夫看得出來，其湯不濁，是清的，入口鮮甜無比。

點心三道：小餛飩、炸團子、蘿蔔絲餅。

翌日的早餐，冷菜有乾魚鬆、蘇式爆魚、小蝦炒醬、蘇州鹹菜、紅棗蓮心、香捲豆腐、炖白菜和筍乾黃豆。點心有豆腐花、吳門燒餅、杏仁酥、鬆糕、燒賣、茨飯糕、蟹殼黃、茨毛團、糉子、春卷、桂花雞頭米、青菜扁尖癟子團、兩面黃、青團子、臭豆腐、赤豆糊團子、蘇式船點、八寶飯和烏米飯。

說到此，大家會問甚麼是雞頭米，我最初也被這名稱搞糊塗，原來就是新鮮的茨實。植物長在清水中，生出一個有冠有啄的果，像雞頭。打開，內有圓實，再把硬皮剝脫，就是茨實。蘇州人從小吃到大，思鄉病重，非常喜好，我們都覺得平平無奇了，反而是樣子像茨實的糊團子，用糯米搓成一粒粒小丸子，用紅豆來煮。

吃完了整體的印象，是蘇州菜像蘇州女人，可以用「細膩」二字形容。

「吳門人家」

地址：蘇州市姑蘇區園林路88號

電話：+86-512-6728-8041

汪姐的狂歡宴

到上海，我只吃「老吉士」、「小白樺」和「阿山飯店」這三家正宗的滬菜，其他新派和改良的，不用豬油，油不濃醬不赤，淡出鳥來，每次試過都媽媽聲，裝修再美，價錢再貴，打死我也不肯去了。

這回，在湖州有個公務，與當地最著名食家沈宏非兄湊合的。先吃一頓很地道的湖州菜，又到新浪微博網友「住樓底的波子」家裏享受了家常菜。最後一餐，宏非兄說要帶我去吃「汪姐的私房菜」，我對「私房菜」這三個字很敏感，失望了又失望，絕少吃到好的，既然宏非兄叫到，對他有信心，也就懷着半信半疑的心態前往。

開車來接我的是楊惠姍的私人助理孫宇，我儘管叫她小宇，同音，又叫小魚。魚兒人小，食量極大，吃極不飽，每次同行，都聽到她肚子餓得咕咕的聲音。她在微博上的名字是「吃飽的幸福」，只要能飽，才笑得出來。好在她嫁了一位廚師，名家順，我用這個名字也寫過兩篇文章。通常做菜的人在家不做，家順不單做，還喜歡買菜與洗碗，做老婆的只是一味幸福。

「地方在哪裏？」我上了車後問。

她回答：「虹橋。」

「哦。」我說：「阿山飯店也在同一區，第一道菜不好吃的話，馬上轉到阿山那裏去。」

小魚會吃，但路倒不熟，車子塞了又塞，她走錯了又走錯，花了一個多小時，終於來到，在一個屋村內，大廈的五樓中一個單位，有三間房，兩間大的可坐十二人，我們訂的是小的，本來坐六位，今晚加了助手小楊，一共七人，我反正晚上食量不大，只顧喝酒，菜夠吧？

「汪姐的，多到一定吃不完。」宏非兄說。他們已先到，來了「住樓底的波子」、做麵做得很出色的「管家的日子」，和他們的友人「老波頭」，他是當地著名的食家，又叫「豬油幫幫主」。

坐定後，第一道冷菜上了，是「銀絲芥菜」。這是本地人的春節宴菜，銀絲也稱佛手芥，是一種細莖、扁心、細葉子的芥菜。也能特製為酸菜，鮮香極辣，可以放一年不變味，佐酒尤為爽口。原料有銀絲芥菜、花菇、木耳、黃花菜、雞腿菇根。油滾後翻炒，加醬油、陳醋、鹽糖，上鍋蒸，小火燉上半小時，微涼後裝入密封容器存三四天，食前加辣油拌勻。

一吃進口，又鹹、又甜、又油，這下子可好，完全對味了，是久違了的上海菜！大喜，安心坐下，可以不必到阿山飯店去了。

接着上的是醉蟹，這道菜汪姐在《舌尖上的中國》中做過，今天親嘗，的確與眾不同，甜甜香香，一點也不覺鹹，想整碟都吞下去，但也得留給他人。

嗆蝦跟着，和我以前吃的做法不同，活蝦不是沾紅腐乳醬，而浸在一碗有酒的醬油裏，加上大量的芫荽。我用手一隻隻撈起，放進口，依照門牙的彎度，曲着的蝦一對準了，就那麼一咬，再一吸，肉全進嘴中。殼完整，放在碟緣，一隻隻，排成一圈，眾友紛紛舉起 iPhone 來拍下。

冬瓜來了，一大塊，切成一片片。

「是臭的嗎？」我問：

「臭菜是別地方才做得好。」宏非兄說：「我們上海人不太吃，你試試看。」

進口，是鹽鹵的，味道並不特別，接着的糖醋小排也只得一個甜字，可是很奇妙地和其他地方做的不同，鹹和甜中有種層次感。

接着是墨魚，個子不大，整隻上桌的，切成一段段。墨魚，是寧波人做得好，上海菜就是江浙一帶的總匯。吃到墨魚，就想起倪匡兄，他打死也不肯回來，即刻拿起相機拍了下來，準備發在微博上，可惜他連微博也不上了，只有請「倪學研究會」的同人打印出來交給他。

碧綠的涼拌萵苣絲一看平平無奇，也沒有一般加辣椒絲的通病，也不下味精或麻油，但還是多油，應該淋上熱油再放涼的。

素雞像一塊塊的西洋火腿，吃出肉味，用傳統的濃油赤醬法製出，白切雞則如一般人說的雞有雞味。

熏魚放棄鯧魚，改用鱖魚，油炸後煨濃醬，待乾切片。

麵筋中包了豬肉碎，像是從油豆腐粉絲中撈出來當小菜吃。

最精彩的、但扮相最普通的是蘿蔔絲拌海蜇頭，我已吃得不能動彈，看那樣子不想舉筷，宏非兄叫我試試看，不吃會後悔。

勉強吃了一口，咦，出奇地美味，見剩下大半碟，也學倪匡兄的吃法，搶過來放在自己面前，不與別人分享。

剩下一大堆菜，打包的打包，多數是給小魚吃進肚子裏面，看她的表情，好像要飯。不必那麼難聽，是真的要一碗白飯才夠喉。

其他人都大叫飽飽，沈宏非說：「這只是冷菜，還有一大半沒上來！」

熱菜上桌，第一道是蒜子燒河鰻，肥胖的鰻魚酥炸了再紅燒，捲成一大圈再加濃醬紅燒，成為烏黑色，像髮菜多過魚。煎過的大大顆蒜頭再圍着外圍，中間的熱油伴着芫荽葱，陣陣香味傳來，非常有氣派

那層厚皮最肥最香，但好吃的，當然是蒜頭。

接着是車厘子醬汁肉，大顆的櫻桃黑中帶紅，被綠色的蔬菜包圍，那大塊的肥豬肉也像被車厘子染紅。最不喜歡人家說甚麼入口即化，但肥的部份的確是像雪糕般溶在口中，這道菜是紅油赤醬的代表作。

另一道紅油赤醬菜是八寶鴨，鴨的個子不大，頭部打了結，像隻蹄膀。打開了裏面有炆得爛熟的蓮子、栗子、冬筍、臘腸、胡蘿蔔、香菇、銀杏和糯米，是醃製過夜後油炸了再蒸出來的作品。這道菜，要是像「老吉士」一樣以豬手拆骨了來代替鴨子，會更加出色，各人邊吃邊聊，小魚不作聲猛吞。

來道清爽一點的，是塔菜冬筍。一吃，甜得要命，這也對路，塔菜雖然打了

霜，已經很甜，但做滬菜，硬加糖，一點也不妨礙味道，只會增強食慾。

要道湯調節胃口，黃豆排骨湯真材實料，沒有花巧，煲久了一定甜，這種甜味就不必下糖了。不，不應説甜，是鮮得要命，湯一下肚，飽了起來，不能吃了，再不能吃了，大家那麼説，小魚又狂吞。

飽了，就有點挑剔，下一道的清蒸鯧魚，我就認為沒有潮州人蒸得好，他們是將一尾大的剁了三刀，塞入酸梅，讓肉翹起，下面再塞三支調羹讓蒸氣透底，上面又鋪肥豬肉，讓油溶入魚肉。那麼大的魚，只蒸七分鐘就熟。

不過厚背的部份蒸熟了，肚子那片極薄的肉不是過火嗎？聰明的潮州廚子把番茄片鋪在肚上，火力就透不過來了。加冬菇絲、中芹絲等等，是對鯧魚致最高敬意。小魚並不批評，把魚吃光。

再好的菜也吃不下去了，本來有部戲講吃的，拍得最好，叫《芭比的歡宴》，我們這餐，是汪姐的狂歡宴！

接着上的是醃篤鮮，這次改良，不用豬骨來熬，代替的是一隻老母雞煲出來的湯，百葉結、冬筍照落，還是那麼鮮甜，喝個兩三碗方能將息。

甚麼？還有。上來的是一個長形的碟子，算好了人數一人一隻的大閘蟹，不吃怎行？汪姐知道當今的大閘蟹已不像從前的那麼味濃，就不蒸，也不煮，乾脆鹽焗！

剝開後雄蟹的白膏溢出，折半，只吃膏，肉和爪，當然不去碰了。

又上菜，這次是小碟，好像很容易吃下，菜名叫燜糊肉絲，是家常到不能再家常的小菜，大家又扒了幾口。

小魚說：「再來點飯最好！」

「沒問題，我已準備好。」宏非兄說。

這時上的是一人一鉢的白飯，上面鋪了兩粒又肥又胖的臘腸，是宏非兄囑人做的，當今的臘腸肥肉已少，還有甚麼全瘦肉的出現，真叫人罵他媽的。他做出來的是肥瘦各一半的腸子，一咬，波的一聲，油爆出，叫為爆油臘腸。

我已投降，臘腸是廣東東西，常吃，就不去碰了，小魚那份已吃清光，就把我那鉢飯和腸給她，這小妮子當然不客氣地接受。

單單香腸也許不夠配白飯，汪姐又做了一個家常的炸豬排，這是上海家庭必備的菜，大家只吃了一兩塊，小魚吃光。

飯太乾，應該再有湯，這時上的是咖喱牛肉小餛飩，又是菜又是湯又是小吃。上海人的咖喱和其他地方都不同，有它獨特的香味，牛肉已焖，容易入口，那小小粒的餛飩，一人來一兩粒沒有問題呀。

打死了也不會再吃，我向我自己說。這時再來個壓軸的，是碗燉蛋。蛤蜊燉蛋已很少大廚會做，家裏的廚娘倒還拿手，上幾回來上海，都叫這一道我最喜歡的滬菜，上桌一看，蛋的上面躺着幾粒已經打開的蛤蜊做裝飾，這種菜要蛤蜊在蛋內爆開，流出甜汁才好吃，那些廚子都應該抓去打屁股。

閒話少說，用湯匙一勺，啊哈！挖出來的不是蛤蜊，而是小小但肥胖的黃泥螺，黃泥螺不是醃製，用新鮮的，實在實在萬分精彩，又吃掉大半碗。

甜品有八寶飯和杏仁豆腐，皆出眾。以為吃不完要打包，但給小魚全部吞下。

汪姐出來，我向她深深的一鞠躬。

「從小好吃，家人也愛吃，每餐都做了很多菜，我一一學會，周圍的家庭主婦又來教，有了基礎，在菜市場上看到甚麼就做甚麼給客人吃，也不去算有幾道菜了。」她謙虛地說。

要個地址，下次來上海一定來吃，宏非兄說不必，打電話給他好了。

宏非兄在上海大家都叫他沈爺，過年之前他在網上推出「沈爺的寶貝」，盒子裏面有肥臘腸，也有大閘蟹的禿黃油等等，都是最不健康又最美味的東西，我們都說，太多人來了汪姐應付不了，不如先購買沈爺的二千塊錢貨才介紹給別人吧。

這當然是說着玩的，眾人哈哈大笑，喜氣收場。小魚在一邊，終於打了一個噎，做出《西遊記》中豬八戒把整個和尚廟的粥都偷吃光，還做出「老豬半飽」的表情。

杭州之旅

從香港直飛的飛機，一天發展到五班了，杭州機場也由從前去的那座大廈，左右加了兩大棟，規模愈來愈大。整個杭州市和別的城市沒甚麼分別，一味是大，高樓林立，但交通完全地阻塞。

這次去是應杭州電視的主持人華少和老友沈宏非的邀請，做的不是飲食，而是一個談書節目，叫「華少愛讀書」。大陸那麼大，談書的節目寥寥無幾，非支持不可。

利用這個機會，我去做簽書活動，三聯這個大出版社的推廣並不主動，只有自己安排，為我的自選集宣傳宣傳。說是銷書，但一次活動能賣多少本呢？見見讀者，倒是主要目的。

活動在市內商場中的新華書店舉行，店很大，來了幾百位讀者，都斯斯文文。問答活動做過後就為大家簽名，其他地方人一多，混亂了，我就沒時間為讀者寫上他們的名字。杭州人也不少，但有秩序，我不但滿足所有人的要求，還一一和大家合照，活動圓滿結束。

接着便是當地報紙和雜誌的訪問了，對我來説已是輕而易舉的事，希望的只是記者對我的認識多一點，少問些已經回答了多次的問題。

但要問的始終得問，跳出來了：「你對杭州的餐廳有甚麼批評？」

情意結是最難打開的，你一有大家不同意的答案，對方的臉色總會一下子沉了下來，差點和他打起架。但到了我這個階段，已經付不出對自己不忠實的代價。

「不好吃。」我是板着臉發言。

「這……這話怎麼説？」眼看對方忍住了脾氣。

「我每回來杭州試菜，都沒吃過滿意的，一次，又一次，餐廳裏的杭州菜讓我覺得失望。」

「你從來沒吃過好的杭州菜嗎？」

「有。」

「在哪裏？叫甚麼餐廳？」對方看到一線曙光。

「叫天香樓，在香港。」

對方不以為然：「吃了甚麼菜？」

我如數家珍：醬鴨、鴨舌頭、馬蘭頭……

還沒説完，已被打斷：「我們這裏每一家餐廳都有。」

「是的，但是馬蘭頭切得不幼，豆腐乾也不細。不這麼做，馬蘭頭的香味是跑不出來的。吃過的醬鴨和鴨舌頭，也乾乾癟癟，滷得不是太鹹就是太甜……」

對方知道我懂得一點點，也認為我説得沒錯，問道：「還有呢？還有呢？」

「還有蟹粉炒蝦仁、煙熏田雞腿、東坡肉、爆鱔背和鹹肉塔鍋菜……」

「這些我們都有，當今清明前後，不是塔鍋菜的季節，你們那裏也應該沒有。」

「有，前幾天去吃還有，是去年冬天留下來的，用報紙包住，放在冰箱裏頭，打開來，只採塔鍋菜的心來吃，其他扔掉。」

對方答不上嘴來：「還……還有，還有呢？」

「對了，還有餛飩。」

「餛飩？」

「是用一個大砂煲，放一隻鴨子燉好幾小時，鋪着小孩手臂那麼粗的金華火腿，加草魚打的魚丸、西湖蔬菜、小白菜等，上桌時，再把幾粒餛飩推進湯中。」

對方不再說了，訪問結束。

臨走，我說：「杭州還有很多家庭主婦拿手菜，應該做得比香港餐廳更精彩。」

翌日，上讀書節目，華少和沈宏非在內地很紅，本來有位女的，但也許錄影那天沒空，由一位新人代上。

到達杭州電視台，整個大廠搭了布景，不知是甚麼大型節目，後來才知道是為我們而搭的，讀書節目還能花那麼大本錢，着實難得。

劇情是這樣的，宏非和華少二人飄流在一個孤島上，寂寞難耐，這時，一位打扮成海盜的美女，划了小艇，把貴賓，那就是我了，拿了一批書，給他們閱讀。

我們三人一聊起來，就沒完沒了，的確是一個比綜藝更精彩的清談節目。電視始終不能不讓人轉台，即使主題為讀書，也得輕鬆。

由書說到吃，又講起人生，宏非兄時不時作弄一下扮海盜的小姑娘，令人大樂。華少知識廣博，任何話題都能搭上，我們三人擦出了火花。

節目做得成不成功，只要看攝影師和燈光師的反應。老生常談，他們已聽厭，昏昏欲睡。只要用眼角瞄一下，看他們聽了掩嘴而笑，而且後面的工作人員走出來聽的愈聚愈多，都捧着肚子。節目出街時，絕對有一定的娛樂成份；電視不是娛樂，是甚麼呢？

已經身疲力倦，不想去甚麼餐廳試菜了，和同事散步到酒店附近的小巷中找些小吃，往往有意外的驚喜，結果早餐和晚餐都那麼解決，謝絕一切應酬，舒服得多。

「來了杭州，不去西湖嗎？」有人問。

我搖頭。不去原因我再三講過：西湖已被內地遊客霸佔，湖邊人頭湧湧，天氣一熱，體臭難聞。陪我遊杭州的韓韜兄還是忍不住，私下走了一趟，後來他發表的微博評論最為中肯：

「西湖是三兩個人的西湖，不應是所有人的，我與妻走在堤畔，腦中是這樣的想法。想着伸出拇指，就那麼抹一抹，那些多餘的人，如煙成縷的去了，如是最好。西湖是美的，濃妝淡妝皆宜，但西子，只該是你的，或者我的，而不是我們的。她是風流的名妓，不是濫交的蠢孃。」

湖南湖北之旅

為了宣傳我的自選集，到中國各地去做簽書活動，三聯同事認為二三線的都市後來再做，我自己卻頗為注重。一聽到湖南長沙有書店邀請，我即刻連想到湖北武漢，那裏有一位我的讀者叫張慶，常出現於電視電台，又主編一本當地暢銷的雜誌叫《大武漢》，在當地聲譽甚佳。

「武漢離開長沙多遠？」我在微博上問張慶，當今的聯絡方式，微博比電話電郵傳真更直接。

「乘高鐵，只要一個多小時。」她回答。

就那麼決定，來一個湖南湖北之旅。其實，去的只有省會長沙和武漢，鄉下就沒時間到訪了。

乘港龍，不到兩小時就飛抵長沙，當今是春天，應該百花齊放的時節，公路上有一株株的大樹，只有白花，不見葉子，問甚麼名字，回答：「迎春花。」

第一次見，但被污染的大氣層籠罩，整個城市黑漆漆，夜沉沉，花再美，也沒心情去欣賞了。

下榻的喜來登酒店為五星級，很像樣，乾乾淨淨，房間冷，空調控制器上寫着溫度，怎麼調也調不高，只有請服務員多來張被單。

放下行李，就往主辦單位的書局跑，那裏有茶座和餐廳，中午兩餐就在此解決，菜一道道上，來到長沙，不吃紅燒肉怎行？

上桌一看，顏色和光澤是對路的，一吃之下，肥的部份燒得極好，味道也不會太甜，由香港帶去的助手楊翶問道：「瘦肉應該那麼柴嗎？」柴，粵語為又老又硬的意思。當然不應該做成這樣，我吃過好的，肥瘦皆宜，不是菜的問題，是廚子的問題。

菜一道道地上，我一早吩咐中午時間，隨便來碗麵好了，但是還是不見麵，只見菜，款式雖多，留不下印象，要到吃了蔬菜和雞蛋，才大聲讚好。

原來是由當地美食家古清生先生供應，著有《人生就是一場覓食》和《食有魚》二書，他在一個叫「神農架」的地區，自己種植蔬菜和放養雞隻，聽到我來，特地老遠地帶給我吃，真是有心了。

古先生還有自己的有機茶園，沏了紅茶，味甚美。綠茶我一向不喝，但他以冷泡方式做出，非常清香。這種沏茶法在各地流行，把乾淨的茶葉放進礦泉水中，浸它一晚。翌日飲之，喜喝熱的加滾水好了，不然就喝室溫的，至於會不會釋放出大量的茶鹼，就不去研究那麼多了。茶的產量不多，各位有興趣的話可上網搜索「古清生茶園」就能找到。

晚上做的讀者見面會也很成功，發問的多是較為有知識的話題。完畢後主辦單位很客氣地招呼我們去娛樂場所：「北京叫首都，長沙叫腳都。」

原來，就是沐足的意思。長沙人最大的娛樂就是做腳底按摩，那麼多人做，有一定的水準吧？就和大家前往，結果，也不過如此，普普通通。

按摩這回事，不可能每一位技師都是標青的，一定得找「達人」帶路才行，那就是專家了。我自己不敢自稱為吃的專家，但如果我在香港帶人去吃，水準就會有保障。

翌日一早，到當地人認為最好的一家叫「夏記米粉」的小店去吃早餐。長沙人不太吃麵，只吃粉。所謂的粉，像上海麵或日本烏冬一樣的白麵條，和廣東的沙河粉或越南的 Pho 又差甚遠，沒甚麼味道，吃時在上面加料，就是滬人的「澆頭」。

店裏也賣麵，要了一碗，是種乾癟癟的麵條，全無彈性，又沒味道的東西，在長沙，是沒有吃麵的傳統，和蘭州的拉麵一比，就知道優劣。

長沙在打仗時，實行焦土政策，燒毀了整個城市，沒甚麼古蹟，路上的磚頭重新鋪過，用圖案設計，較其他城市有文化得多，我們一路散步到江邊，這裏的建築仿古，但一點古風也沒有，甚至帶點俗氣。

中午被邀請到全市最有代表性的食肆，叫「火宮殿」。這是遊客必訪之地，又被稱為長沙小食速成班，只要吃遍這家餐廳的食物，就能了解長沙的飲食文化。

該店主人知我前來，很客氣地安排了一個很大的套間，說是招待過毛主席，就讓我坐在他坐過的位上，背後有他的銅像，有被監視住的感覺，前面的大電視屏幕又不斷地重播着革命時的紀錄片。來到長沙，所聞所遇，似乎都和毛澤東有關。

桌上出現了春風才綠、椿蕨雙筍兩種冷碟，接着的傳統湘菜是：五彩裙邊頭、陽華海參、毛家紅燒肉、東安炸雞、髮絲牛百葉、蛋黃滷蝦仁、豆棒蒸桂魚、臘味合蒸、小炒花豬肉、熏灼冬莧菜。

再有經典小吃臭豆腐、糖油粑粑、龍脂豬血、蔥油粑粑、芝蓉米豆腐、腦髓卷六種。

到了我這個階段，可以不必說客套話了，那麼多菜，並沒留下甚麼深刻的印象，總之最想吃，又覺得長沙人會做得最好的是紅燒肉，結果都是肥肉不錯，瘦肉沒有一家做得好，也許家庭婦女才會燒得出色。

至於黑漆漆的臭豆腐，外面都燒得脆，而裏面不嫩的居多，而那些甚麼粑粑的民間小食，紀錄片拍起來美，外地人吃不慣而皺眉之時，都會被當地人罵為土包子。一笑。

無論如何，傳統的東西，都較外來的好，被當地美食家們請到一家被認為最高級的餐廳去，出來的第一道菜，竟然是一個大碟，儲滿冰，上面幾片顏色鮮得曖昧的三文魚刺身，更是啼笑皆非了。

從湖南的長沙，到湖北的武漢，只要一小時二十六分鐘。國內高速鐵路的發展，令到武漢為中心點，從前被認為交通不發達的工業城市，當今已成為了旅遊都市了。

高鐵的發展驚人，速度不必說，車廂是乾淨的，座位是舒適的。一等和二等的分別，只是前者的腿部位置更為寬闊而已，而從長沙到武漢的票價，一等只是二百六十四塊半，二等則便宜了一百塊錢，怎麼說，票價比日本的新幹線合理得多。

很安穩地運行，不覺搖晃，只是靠門空位上有數張塑膠矮櫈，咦，是幹甚麼來的？一問之下，才知道給買不到座位的客人坐的，而塑膠櫈子是誰供應？誰帶來？就問不出所以然來了。

湖北話很像四川話，但在車廂中聽到的方言，就一句都不懂了。婦女們大聲在手提電話中交代家傭瑣碎事，幾條大漢的對白聽起來像爭執，這一小時二十六分鐘的車，沒法子休息一下。

長沙的火車站建得美輪美奐，武漢的也一樣，網友張慶和她的同伴小蠻來迎接，是《大武漢》雜誌的主編，同時來的還有「崇文書城」的公關經理熊芳。

行李可推到停車場，和各大機場一樣，國內的機場，只有重要人物才可把車子停到出入口接送，一般客人，不管風雪有多大，總得走一大段路，才到停車場。

車子往城中心走，看到大肚子的煙囱，像核子發電廠數十米高大的那種，才想起這是武漢鋼鐵廠，讀書時課本也提起，武漢是中國重工業基地。

酒店在江邊，五星級的馬可孛羅，這幾年才建的，我記得上次來武漢，已是十多年前的事，當年由電台主持人，名字不容易忘記，姓談，名笑，他是市中名人，開了車子，到處停泊，也沒人去管。當時恰逢夏天，大家都把很大張的竹床搬在街上，一家大小就那麼望着星星睡覺，問張慶還有沒有這回事，她搖頭，説星星也看不見了。

這次同行的還有莊田，她是我微博網上的護法，特地從廣州趕來，還有網上蔡瀾知己會的長老韓韜，他是濟南人，在長沙讀博士，和太太一起來，一群人分兩架車，浩浩蕩蕩來到酒店，把行李放下，先去酒店的餐廳醫肚。

如果你稍微注意，就知道武漢人最喜歡吃的，就是鴨脖子了。也不顧餐廳同不同意，張慶的同伴小鑾就把一大包鴨脖拿出來。

肚子餓，菜沒上，就啃鴨脖子，我對那麼大塊的鴨頸沒有那麼大的興趣，最多吃的是天香樓的醬鴨，脖子部份也切得很薄，仔細地咬出肉來。這裏的，醬料有點辣，友人都擔心我吃不吃得了，她們忘記我是南洋人，吃辣椒大的。

味道不錯，同樣滷得很辣的是鴨腸，我還以為鴨脖子是湖北傳統小吃，原來是近十幾年才流行起來的，大家愛吃頸項，那麼剩下來的肉怎麼處置，原來真空包裝，賣到外省去也。

食物也講命運和時運，十多年前來時，流行吃的是燒烤魚，用的是廣東人叫為生魚的品種。這種魚身上有斑點，身長，頭似蛇，故外國人稱為 snake head fish，東南亞和越南一帶賣得很便宜，至今，武漢的街頭巷尾，已少見人家吃了。

這次行程排得頗密，也是我喜歡的，既然出外做宣傳活動，就得多見傳媒多與讀者接觸，我這幾天的肩周炎復發，睡得不好，但還是有足夠精神和大家見面。

第一場安排在「晴川閣」舉行，崔顥的名句「晴川歷歷漢陽樹」描寫的便是此處，當天下着毛毛雨，張慶擔心這場戶外活動會打折扣，我倒覺得頗有詩意。這地方我上次來過，有些名勝是去了多次都記不起，這次我一重遊即刻認出，想想，也是個緣份吧。

搭了一個營帳避雨，但是等到讀者來到時雨已停了，現場氣氛熱烈，所發問的題目也多是有高水準，我問怎認識我，是通過電視的旅遊節目，還是看過我的書的？答案是後者居多。

活動後就在「晴川飯店」吃，地點在晴川閣後花園，由一群志同道合的文人雅士合辦，布置得並不富麗堂皇，但十分幽雅。主人很用心，當日專誠顧了一艘漁船，在長江中捕獲河鮮，有甚麼吃甚麼。

菜單有傳統的周黑鴨、涼拌野泥蒿、洪湖泡藕帶、長江野生蝦、莉莎霞生印、沔陽野山藥煮桂魚丸、鄉村野蛋餃、花肉燜乾蘿蔔、臘肉菜薹、黃坡炸臭干子、野蕨芹炒肉絲、野藕炖臘排、鴨片豹皮豆腐、臘肉煮豆絲，還有記不得的多種小吃與甜品。

未去湖北之前，我對聞名已久的洪山菜薹大感興趣，菜薹就是廣東人最熟悉的菜遠，也叫菜心，但洪山的，梗是紅顏色，紅色菜梗的菜心，在四川各地也有，香港罕見，只在九龍城一家聞名的藥店旁邊的菜檔子有售。這種菜心很香，吃起來味道又苦又甜，口感十分之爽脆，可惜當地人說已經「下橋」了，這是過時的意思，學到這兩個字也不錯，下回遇到湖北人，就能用上。

晚上，張慶替我找到針灸醫生，治肩周炎。

門打開，見到一中年人，帶着一個年輕的，原來後者才是醫師，叫范慶治，只有二十七歲，前者才是他的助手。

范醫師是「中華第一針」蔚孟龍的得意弟子，扎了幾針，瞓個好覺。

翌日精神飽滿，吃早餐去。

武漢成為了旅遊都市之後，有兩個旅客必到的名勝，那就是武漢大學的櫻花大道和這條專吃早餐的「戶部巷」了。戶部巷長不過一百五十米，只有三米寬，在明朝嘉靖年間的《湖廣圖經誌》中已有記載，所謂「戶部」，是掌理財政收入和支出的官署。

最先到的店舖叫「四季美湯包」，張慶面子廣，一向老闆說起，當天就不做生意，把店子留下來讓我們吃個舒服。

一大早，將巷子裏所有的小吃都叫齊，除了湯包，有「徐嫂鮮魚糊湯粉」、「餛飩大鍋」、「老謙記枯豆絲」、「溱林記熱乾麵」、「豆腐佬」，種種記不起名來的小食。

湯包蒸起，一打開來看，籠底用針松葉子鋪着，皮薄，裏面充滿湯，和靖江的湯包可以較量，武漢的湯包從前重油，看到蘸醋和薑絲的碟子中，有一層白白的豬油，當今已無此現象。

魚湯粉是把小鯽魚用大鍋熬煮數小時，連骨頭都化掉，再加上生米粉起糊，撒上黑胡椒粉去腥。軟綿綿的細米粉用滾水一灼，入碗，澆上熬好的魚湯、葱花和辣蘿蔔。上桌後，武漢人把油條揪成一小截一小截，浸泡在糊湯裏，冬天吃，也會冒汗。

餛飩本以武昌魚為原料，純魚，不用豬肉，包得比普通餛飩大兩倍，無刺無腥，比豬肉細嫩，當今武昌魚貴，改用鯿魚製作。

枯豆絲是用大米和綠豆餡漿做的湖北主食，可做湯豆絲、乾豆絲和炒豆絲等，炒時分為軟炒和枯炒。枯炒，主要是多油煎烙，製後放涼，等它「枯脆」，另起小鍋，將牛肉、豬肉和菇菌類用麻油炒熱，澆在枯絲上面。

熱乾麵，就是把麵淥熟後加芝麻醬的吃法，湖南和湖北的乾麵下很少的鹼水，麵本身不彈牙，一方人吃一方菜，當地人極為讚賞，像廣東人讚賞雲吞麵一樣。

豆腐腦則是有甜有鹹的，通常只叫一種，但武漢人是又吃甜的，又吃鹹的，兩種一塊叫來吃才過癮。

地址：武漢長江大橋武昌橋頭附近

吃完早餐，又吃中餐，我們在武漢好像不停地在吃。和張慶的朋友們跑到東湖，原來杭州有西湖，武漢有東湖，東湖的面積，比西湖大個十倍。我們就在湖邊燒火飲茶，頗有古風。

湖的周圍興起了好幾間農家菜式的土餐廳，用湖中捕撈到的魚，做出來的菜並不出色，如果有哪位湖北人腦筋一動，到順德東莞等地請幾位師傅，把鯉魚、鯽魚、鯇魚和鯰魚的蒸、煎、焗、煮變化了又變化，一定會讓客人吃到前所未有的驚喜，反正菜料是一樣的，何樂不為。

飯後到崇文書城去做讀者見面會，地方大得不得了，武漢看書的人比其他城市都多，問說他們的電視節目，有沒有湖南衞視做得那麼好，大家都搖頭，說喜歡看書，多過看電視。

書店經理熊芳說：這次簽售會參加的人數，比歷來的純文學作家都多，我慶幸自己是一個不嚴肅的「純文學」人，吊兒郎當，快快樂樂。

為甚麼武漢人不愛看電視，到了武漢大學就知道，這個大學之大，簡直是一座城市。除了武大還有多家，武漢戶籍人口有八百萬，中間有一百三十萬是大學生。武大校園裏種滿櫻花，成為可以收費的景點，中日關係一摩擦，就有憤青說要砍櫻花樹，好在被同學們喝止。

我們到達時，和洪山菜薹一樣，櫻花已經「下橋」了。

在大學校園中做的那場演講，是我很滿意的，學生發問踴躍，我的答案得到他們的贊同，大家都滿意。

離開之前，張慶帶我到「三鎮民生甜食店」吃早餐，當今已成為連鎖，但這家總店是比較上最正宗，最靠近原味的。

印象最深刻的菜單叫豆皮，用大米和綠豆磨成漿。在平底大鍋中燙成一張皮，鋪上一層糯米飯，撒鹵水肥肉丁、將皮一反，下豬油，煎熟後用蚌殼切塊（當今改用薄碟和鍋鏟），早年不用雞蛋，生活好轉後再加的，我怕這種手藝失傳，把過程用視像拍下，上了微博，留下一個記錄。

同樣拍下來的有糊米酒，鍋中煮熱了酒糟，在鍋邊用糯米團拉成長條貼上，烙熟，再用碟邊一小段一小段切開，推入熱酒中煮熟，味道雖甜，但十分之特別。即使不嗜甜的人都會愛吃，另有一種叫蛋酒的，異曲同工。

其他典型的地道早餐有，重滷燒梅。燒梅，就是我們的燒賣；糅合了糯米、肉丁和大量的豬油，另有灌湯蒸餃生煎包子、紅豆稀飯和雞冠餃。雞冠餃其實就是武漢人的炸油條，炸成半圓月形，又說似雞冠，薄薄的，個子蠻大，像餅多過像雞冠，內裹肉末極少，這才適合武漢人的口味。

「三鎮民生甜食館」

地址：武漢市江岸區勝利街86號

電話：+86-27-8278-6087

北京叫首都，上海叫魔都，長沙叫腳都，武漢本來可以叫大學之都，當今大家生活水準提高，都懶於吃早餐，在城市中消失，武漢還能保留這文化傳統，而且重視之，當成過年那麼重要，叫為「過早」。所以，武漢應該叫為「早餐之都」吧。

摹黃鶴樓記

去武漢的時間很短，當地友人問我：「你想看些甚麼？」

我回答：「黃鶴樓。」

「還有呢？」他們問。

「黃鶴樓。」

「沒其他地方嗎？」

「黃鶴樓。」我再三強調。

歷史和詩歌中，黃鶴樓佔了一席很重要的地位，從小如雷貫耳，數十年來嚮往，當今有這個機會，還不先看了再説？

武漢由武昌、漢口、漢陽三個地區組成，從機場出發，經過長江大橋，我看到蛇山上的黃鶴樓了。

長江大橋在一九五七年是偉大的建築，全長一六七〇米，高八十米，橋身分成兩層，上為公路下走火車。現在看起來並不十分長，長江二橋已是四六七八米，還有三橋及其他三十多座的橋，武漢亦名江城，更有橋城之稱。

巍峨的黃鶴樓，一共有五層樓，很新。

「是甚麼時候裝修的？」我問。

「不是裝修。」導遊說：「完全新建。在一九八五年蓋好的。」

「甚麼？才二十年工夫？」我心中嘀咕，以為是建於三國時代，一千七百多年歷史的樓閣。

「全部鋼筋水泥模仿木頭結構，」導遊解釋：「有一條電梯直通樓頂。」

「對我們這種老人家，不必爬樓梯，是件好事。」我說給導遊聽，一方面安慰自己：「那麼，是按照古時的形狀建的吧？」

「不。」導遊說：「每一個朝代的皇帝，都有他心目中的黃鶴樓。」

「當今這個，是不是毛澤東批准？」

導遊微笑不答。

進到樓內，看到唐、宋、元和清朝各種不同形態的黃鶴樓模型，根據古畫的資料重現，與當今的面目全非，沒有一丁丁的痕跡讓人發懷古之幽思。

「有甚麼東西留下的呢？」我仔細看完所有的模型後，發現清同治年間所建的黃鶴樓頂端有三粒葫蘆般的古銅頂，三米高吧？這是古代黃鶴樓僅存的遺物，但也不放在現在的樓上，擺於廣場，帶着有家歸不得的淒涼感。

黃鶴主樓的五層中，設有大型彩色壁畫、楹聯和詩詞。更有一幅巨大的，畫着歷代到訪過的名人，像范曾的連環畫，俗氣沖天。五樓的所謂金碧重彩壁畫「江天浩瀚」，是幅又寫實又抽象的現代畫。我最怕看到大陸的這一類作品，傳統藝術的基本功打得不穩，對外國的抽象派認識又是不足，總是弄出些似是而非的東西來，匠味十足，看得令人作嘔。

感到一陣頭暈，即刻走了出來。外邊有一個「鵝池」，相傳是書聖王羲之在黃鶴樓下放過鵝，有他寫的一個大「鵝」字，其實王羲之有沒有到過湖北，是一個疑問。

毛澤東詞摹中刻有他手書的《菩薩蠻》和《水調歌頭》，不看也罷。還是古碑廊值得一看，裏面有李白的《壯觀碑》、呂崑的《石照碑》、黃山谷的《燕入群花碑》以及岳飛的《滿江紅碑》。

做生意還是最要緊的，黃鶴樓旁有「古肆一條街」，說是主要出售與黃鶴樓有關的紀念品和書籍，但是重複又重複的工藝品居多，看來看去總是一些用象牙片編成的仿古扇子，上面打洞，中間以細工彫出山水，哪來那麼多象牙？

當今此類工藝品銷售到各地去，全國酒店裏總有一個部門賣這種垃圾，價錢定得天高，數萬塊不等。你一殺價，只肯付十分之一，他們照收，原來成本不過是百分之一罷了。一走進這種店舖，店員連聲大哥來，大哥去，我們快要結束營業了，你統統買去吧！連櫃子也送給你。幾年後重遊，店還是開着，照喊着快要執笠。

聽到鐘聲，重返新跡。

此鐘號稱千年吉祥鐘，位於主樓以東。鐘高四米，重二十一噸，含有兩公斤黃金，八公斤白銀，並刻着千字銘文及十幅浮雕，名為千年，是當代作品。

歷代以來，歌頌黃鶴樓的散文不絕，唐朝的閻伯理寫的《黃鶴樓記》，朱朝張栻的《黃鶴傳說》，元朝宋民望的《重建黃鶴樓》等等，都是小時讀過的。還記得明朝郭正域寫的《仙棗亭記》呢。

詩詞更是數之不清了，最出名的當然是唐朝崔顥的那一首了：

昔人已乘黃鶴去，

此地空餘黃鶴樓。

黃鶴一去不復返，
白雲千載空悠悠。
晴川歷歷漢陽樹，
芳草萋萋鸚鵡洲。
日暮鄉關何處是？
煙波江上使人愁。

好傢伙，打破了舊詩格局，前三句中重複用了黃鶴三次，當年有誰比他更大膽？崔顥是河南開封人，當過官，早年詩文多寫婦女閨情，被人批評為浮艷輕薄，但他晚年被放逐邊塞，風格雄渾奔放，《黃鶴樓》詩更是氣韻高妙，堪稱絕唱。

一個人只要有一首好詩，足夠矣。後來遊黃鶴樓的人像白居易、杜牧、張愈、蘇軾、陸游、沈周等人都技癢獻醜，還是李白最聰明，詩興大發時看到崔顥的詩，即刻說：「眼前有景道不得，崔顥題詩在上頭」，就此擱筆。我來到黃鶴樓，除了發牢騷，還能再寫甚麼呢？

贛州之旅

中國之大，三世人也走不完。要是沒人邀請我去做宣傳，還真的不知道有贛州這個地方，當想也沒想過有天會去。

贛字怎麼唸？從章，讀成章嗎？右邊有個貢字，發音成貢嗎？原來國語是「幹」，而粵語唸成「禁」。

是江西的第二大城市，僅次於省會南昌。從香港怎麼去呢？沒有航班，只能去深圳，由那裏到贛州。直飛幾十分鐘罷了，每天一班。友人說，坐車子的話要六七小時，又沒有高鐵，選擇不多。

當然是從香港包了輛車子到深圳機場，下午兩點半起飛，我們十二點半到達，才發現飛機遲兩個鐘，到四點半才能起飛，要等四個小時。

既來之則安之，反正國內班機經常誤點，有人笑話當今窮人才坐飛機。

機場有好幾家餐廳，看了一下，只有一間賣潮州菜的還有點吃頭。友人說進了鬧餐廳的數目更多，就先經海關再說吧。

一條長廊，走起來蠻遠的，但就是不設電動的，要你慢慢走，經過兩排名牌商店，舖租不會便宜到哪裏去，這些東西香港到處有，逼我也不看不買。

再過去就是國內的商品店，也摻雜了一些香港的連鎖甜品店，像許留山和滿記。走到疲倦，終於在一家賣水餃和麵食的餐廳停下，吃了一些又貴又難於嚥喉的飼料，兩口就放下筷子。

忽然又宣佈，再得延遲。是甚麼原因？航空管制嘛，等於是空中阻塞，回答得像是家常便飯。那麼到底幾點飛？不知道？只好等，但是明天就是宣傳大會，不能不出發的呀，到底飛不飛，今天？

也不知道。我這可急了起來，馬上準備了一輛車，如果飛不成的話，通宵也得趕去，答應人家的事，不能不做，真後悔坐飛機，果然是窮人才坐的。

等、等、等，最後有消息，說已經從北京飛過來。好呀，飛過來，等不等於飛得過去？又是不知道。

無聊，到每一家店慢慢看，甚麼仿古名瓷店，產品如果真的仿古，也可買幾件，最要命的是基礎沒打好，就去加新的抽象圖案，像 Fusion 料理，變為

Confusion。

最後，在七點半起飛，足足等了七個鐘。還算好了，有次飛北京，等了十四個鐘，而且還是被困在機上的。

入夜的贛州市，燈光幽暗，看不清楚。我們入住了離開機場四十五分鐘的「五龍客家文化園」，晚飯就在這個有客家特色的庭院中吃。

菜是不得了的多，至少十幾二十多道，又有客家文化表演，大鑼大鼓，震耳欲聾，我最怕吃這種菜，一說不好便會討人厭，臉色即變，讚好的話又是違背良心，怎麼反應才好。

記者的意見還是要回答的，我誠實地說自小受客家文化薰陶，客家菜是我喜歡的，這是事實。我還去過他們的土樓，傳到南洋來的客家菜，與內地的有點不同。

怎麼不同，正宗嗎？去到南洋，已變味了吧？舉個例子來聽聽。好呀，像面前這碗釀豆腐，南洋的湯底是用大量的黃豆和排骨長時間熬出來，一想就知又鮮又甜，面前這碟，怎麼一味是鹹呢？

而且，釀的魚漿，是不是應該加了鹹魚，才更香呢？我不知道，我只是照實說了。

三杯雞的三杯，是否用麻油才更香呢？普通油就沒那個味道，台灣人還加了羅勒九層塔的香草，更惹味呀！

其他菜還是有水準的，不得不補充一下。

翌日，去到一個巨大的果園，宣傳贛州最著名的臍橙。所謂臍橙，是底部有個迷你橙，像個肚臍，贛南臍橙年產量百萬噸，世界種植面積最大。自南北朝開始就有文字記載，劉敬業在《異苑》中說：「南康有奚石山，有橘、橙、柚。」在北宋年間果樹已蔚然成林，在清朝是進貢的水果，深得雍正喜愛。

邀請我去的「滙橙」公司佔了幾個山頭，種滿了樹，我們去的時候有客家姑娘穿了傳統的藍花布衣相迎，個個親切可愛。臍橙隨手可摘，有些帶一點點的酸，有些很甜，但是此行最大的收穫，是給我發現了當地還有一種叫血橙的紅肉果子。

吃了一個，甜似蜜，真是我吃過的最甜橙子之一，比臍橙好吃百倍。盛產是二月，明年我將重點出擊，在網上賣這種小紅橙，包君滿意。

從贛州來到山頭，路途雖說只有一個多小時，但是那條高速公路不知怎麼建的，搖晃起來，比去不丹的山路還要厲害，讓我心中蒙上陰影，想起回程到贛州市又要遭此老罪，還要住同個旅館，吃那頓又鹹又辣的菜，整個人枯謝了。和友人商量，用他的車子，五六個鐘，一路直奔廣州，入住四季酒店，睡了一個好覺。

翌日，又是好漢一條。

莫讓川菜變為只有火鍋

當今一提到川菜，所有的人都大叫：麻辣火鍋！聽了真的痛心疾首。

辣椒傳到四川，也是嘉慶年代（1796-1820）年之間的事，老祖宗們做的菜一點也不辣，而且非常之好吃；麻倒是一早就有。至於麻辣火鍋，客人還不會欣賞麻，主要是吃辣，越辣越好。

火鍋又有甚麼文化？那是最原始的吃法，將所有食材切好就是，廚房裏根本不需要甚麼廚子。有些人說要呀，切功也很重要，重要個屁，機器片出來的，又薄又好，之後一二三扔進去，完了！

這次重臨成都，指定要吃傳統的老四川菜，友人文茜把我帶到「松雲澤」，是一家紀念川菜一代宗師張松雲（1900-1982）的館子，由傳人張元富主掌，當年他靠「蕎麵拌拐肉」和「脆皮粉蒸肉」兩道菜賣到滿堂紅。後來和「玉芝蘭」的蘭桂均、「喻家廚房」的喻波三位同輩份的名廚成為老川菜的主流，七八年前我都去過介紹過。

坐了下來，當然先上涼菜，但我都認為這些是干擾視線、浪費胃袋空位的東西。單刀直入地吃張元富的「蹄燕羹」好了。

甚麼叫蹄燕羹？燕窩嗎？不是。它把曬乾的豬蹄筋再三用清水泡發後切成薄片，再加少許枸杞子清燉而成，口感上尤勝燕窩，古時豈會有甜品留在最後吃的習慣，取個甜蜜的意頭，並不影響味覺。

這道菜是用普通的食材炮製的甜湯，比燕窩更有吃頭，大家又吃得起，有人說此菜有很多師傅都會做，我回答說的確如此，但有很多客人會叫嗎？如果不發揚，就會消失。

接着是「香煎豆芽餅」，以肥瘦的豬肉加上蓮藕和黃豆芽瓣剁碎，再扭為餅狀蒸成。食材簡單，美味異常，是老四川菜中難得的佳餚。

再下來是「肝油遼參」，你會發現原來海參和豬肝是那麼好的一個配搭，這是川菜的妙處，比甚麼其他餐廳做的名貴遼參更好吃。嚇人的有「紅燒牛頭方」，四川的富貴人家用牛頭皮來代替熊掌，既是聰明替換，又有仁慈之心，口感以假亂真，會做的人已不多了。

「苕菜獅子頭」的菜名是取其音，其實甚麼新鮮的野菜都可以作為原材料，用豬肉剁成之後，並不煎炸，溝以薄芡，用高湯煨後清蒸。

雞淖是用雞肉剁成蓉，視覺和味道更接近鮮甜的嫩豆腐，以葷代素菜，有湯的叫「芙蓉雞湯」，炒的叫「芙蓉雞」，採用成都的市花命名。

至於最普通的「回鍋肉」，正式的應該用二刀肉，即是豬臀肉的裏面那塊，汆水而不熟透，加入高湯再燜十多分鐘，肉片的大小和火候都會影響其肉變為燈盞窩形。而蔬菜則採用蒜白，這是回鍋肉的鼻祖。「回鍋肉甜燒白」，用回鍋肉的手法蒸完再煮，加糖熬製而成，配以四川人愛喝的老鷹茶。

「花膠雞牛湯」，精髓不在湯本身的熬製，而是很奇妙地用蒸蛋去提味。

「口袋豆腐湯」也好吃得不得了，用魚肉、菰菌、蒸蛋、酥肉等配以傳統豆腐，一塊方方正正的豆腐看來平平無奇，其實是一張油皮包裹着鮮美的湯汁，原名為「包漿豆腐」，是現代機器做的豆腐達不到的味覺，很難用文字來形容，要大家親自去試一試才知道厲害。

中間穿插了一道小菜叫「捨不得」，四川人做菜少用名貴的蔬菜，而以好玩著稱，最擅化腐朽為神奇。家裏做菜，菜桿用完之後剩下葉子，也捨不得丟棄，調味後拌它一拌，單獨成為一道又鹹又酸的小菜。

這一餐吃完之後，沒有嘗到張師傅出名的「蕎麵拌拐肉」，第二天中午又撲上門去。所謂拐肉，是把豬肘彎拐處的肉剔下來，這塊東西帶筋，肥多瘦肉少，極富彈性，用紅油和老醋拌之再鋪在麵上。

又吃了「香蓀肝膏湯」，這道張大千最愛吃的川菜，是要用放過血的豬肝來錘蓉，再以紗布濾盡纖維，最後用蛋清蒸之。蛋清的多少、蒸的時間都影響味道和口感，蒸肝要看是否成形，是否能浮以湯面為準，已沒多少人會做了。

在「松雲澤」還可以吃到「松雲壇子肉」，此菜有嚴格的做法，訣竅是輔料必須足夠，用魚肚、花菰、初春地下的筍尖、火腿等熬成，做來紀念張元富的老師張松雲先生。

還有多道美味的菜，不一一記錄。四川菜實在千變萬化，絕對不是一門火鍋能代表，希望有心人可以點上述的菜，另外更將「開水白菜」和大刀麵等，一一拍攝下來，讓今後的師傅有個參考。

我們應該大力推廣和傳承這些古老的四川名菜，四川旅遊局更應該擴大宣傳，讓年輕的一輩重新認識，千萬莫讓川菜變為只有火鍋。

合肥之旅

接到安徽省合肥電視台的電話，要我去做一個新春節目——當然是講吃的，問我有沒有意願參加。

聽說節目的嘉賓有老友沈宏非和從前在北京電視台一起做過節目的陳曉卿，加上安徽又從來沒去過，能組一個旅行團也說不定，便欣然答應。

安徽在哪裏？有些甚麼？小時候讀的地理，完全忘記了。趕緊跑到書店去查資料，哪知道跑了幾家大書店，並未找到。關於日本旅遊的書籍，連小鎮都介紹得齊全。那麼大的一個中國安徽省，卻連一本介紹的雜誌也沒有。

有點印象了，安徽省有著名的黃山呀！好歹有一本講黃山、徽州的，但在地圖上怎麼也找不到合肥。原來，黃山市離合肥還有一段距離，要乘坐飛機才能到。可見中國有多大！

讓我們重溫一下地理知識。安徽省簡稱皖，處中國東南部，東連江蘇、浙江，北靠山東，西接河南、湖北，南臨江西。從香港去，每週有一班「南方航空」的班機直飛合肥。這次我只去三天，回來只有在別處登機。距離合肥最近且交通最方便的城市是南京，到了那裏，有「港龍」直飛香港。

黃山是沒時間去了。我乘早上十點多的班機，兩小時後抵達合肥。合肥剛下了一場雪，整個都市像蓋上了一層白色的棉被。先到旅館，入住當地最好的「希爾頓酒店」。酒店剛建好，位置也不錯。

放下行李就往電視台走。講吃是我的強項，很快錄完兩輯，還有兩輯留在第二天錄，然後就被請去吃飯了。

徽州府尚書樓餐廳的裝飾靈感來自五棟老宅院。每個院門和房間幾乎都是按照古建築復原的，內有從善堂、官廳、梅林亭、橋廳、蒙童館、文昌逍遙齋、小姐樓、徽州廚房及眾多小巧園亭。內門十六道，外門三十六道，像個迷宮，當今的廳房已改為賓客吃徽菜的地方。

徽菜當為六大菜系之一，從前在外省吃過，但沒有留下很深刻的印象，這次可以仔細嘗試。

我問：「甚麼最典型，大家都愛吃？」

回答：「臭桂魚。」

其實桂魚是鱖魚的今稱，應該叫「臭鱖魚」才對。安徽在內陸，沒海鮮吃，但這道菜硬要叫「醃鮮魚」。所謂「醃鮮」，在徽州土話就是臭的意思。怎麼一個臭法？將它發酵呀！食材凡是用鹽醃、風乾或發酵，就表示古時候那個地方較貧瘠，只有用上述的方法來保存食材，後來變成獨特的家鄉味了。

臭魚這種吃法歷史相當悠久，一早便傳到日本去了。日本京都琵琶湖周圍都會將魚發酵，稱之為「鮒」。討厭者掩鼻而逃，好此物者則要求越臭越好。當晚，就有座上客吃了紅燒臭鱖魚後嫌不臭，我已很滿足。餐廳要我題字，我就寫上了「臭鱖魚夠臭」幾個字給他們。

另有一道名菜叫胡適一品鍋，相信這一道菜並不是很古老。胡適是安徽人，任北大校長時，曾用它來招待女婿梁實秋，得到「一品鍋，三五七層花色多，品其味，離桌不離鍋」的讚許。徽菜的一品鍋怎麼做？像香港的盆菜，甚麼都可以放進去，不過湯汁很多而已。這一道菜所有的人都吃得慣。

鐵板毛豆腐又是一種新菜，用鐵板嘛，能舊到哪裏去？其實這菜一早就有，不必用鐵墊底也行。所謂的「毛豆腐」，上面那層毛是豆腐發酵後長出的一層寸把長的白色菌絲。毛豆腐是臭豆腐中的極品，真是一個臭王！我試了一口，味道和韓國的醃魔鬼魚一樣，刺激攻鼻。我還是可以接受的。

味覺這一回事很奇怪，你是甚麼地方的人，就愛吃甚麼地方的菜。一離開了母乳，最先吃到的食物會影響你一生。對故鄉的思念和愛戴是可以理解的，但是人類比食物更奇怪，他們能愛也能恨，恨別地方的人不同他們一樣愛，略有批評即刻翻臉，法國人也是，意大利人也是。

我到世界各國旅行，吃不慣的東西總有，但這是因為自己是過客才會發生。如果在一個地方長時間住了下來，我就能領略當地人為甚麼會愛上那種異味，異味也成為美味了。所以得到一個定論：食物是用來吃的，不是用來討厭的。如王爾德所說，女人生來是讓男人愛的，不是讓男人罵的。

當晚的菜還有葛粉圓子、鍋仔五域乾、香椒驢肉、醋泡生仁和祁門大雁。大雁就是排成「人」字形各地遷徙的鳥類吧？那麼美麗的鳥，怎麼忍心去吃它呢？我沒舉筷。

最後上的是狼肉。甚麼都試過，就沒吃過狼。狼群一來，連人也會吃，現在吃它不算罪過，又給人家罵「狼心狗肺」罵得多了，吃就吃吧！發現肉很老，沒甚麼吃頭。我可以向大家宣佈的是，所有野味，都比不上豬肉的香，不要再去吃它們了。

第二天又錄完兩輯，胡亂吃了一頓。第三天離開，大雪封路，到不了南京，從合肥直飛到深圳，乘車返港。

帶的行李中多了一刀宣紙。我只有幾個小時得空，也趕到合肥市內買此物件。我這種半個商人半個文人的，至少也得要些與文房四寶有關的東西。徽墨、歙硯都是安徽產品，但我愛寫的字很大，不能磨墨，只用墨汁，徽墨就算了吧。歙硯當今賣到天價，不是甚麼精品，也算了吧。剩下的宣紙，是在安徽省宣城做的，不買怎行？要了丈二單宣，可寫幾個大字，曰：醉他三十六萬場！

安徽還是要去的。聽說宣城有一種花草宣，是用花朵來製紙，非親自看看不可。又，我所吃過的徽菜只是一小部份，還有很多沒發掘。

安徽，請等我一下，我將重臨。

廈門之旅

還沒出發到廈門之前，我已在微博中詢問各位網友，說早飯對我是很重要的一餐，有甚麼好介紹？

回應紛紛殺到，有沙茶麵、麵線糊等等。連土筍凍和海蠣煎及薄餅也介紹過來，但後面這三種不是早餐吃的呀，網友們太過熱心！

早上的港龍，飛一個小時就從香港抵達廈門，這回有劉絢強和盧健生二位陪同，他們都常來，結交的朋友也多，安排是錯不了的。

午飯時間，先去民族路六十號的「烏糖沙茶麵」，牆上寫着：瘦肉、肝沿（包着豬肝的那層薄肉，台灣人叫為肝連）、大腸、豬脷、小腸、豬肝、豬腰、豬心、豬肚、魷魚、蝦仁、大腸頭、肉筋、肉羹、豬肺、海蠣、海蟶、丸子、雞蛋各種配合，像香港的車仔麵，任君選擇，加上麵條即成。

好吃嗎？廈門海產豐富新鮮，拿來灼湯，當然甜美。但加上的沙茶醬，從南洋傳了過去，這是近幾十年才有的配方，而非閩南傳統。所謂的沙茶醬，有點辣，有點香，和南洋的差遠了。而且，廈門人顯然對麵條的要求不高，油麵乾乾癟癟，無咬勁，彈力也不足，這種小吃，也只能充飢。

友人見我不滿意，說有家吃燉湯的要不要試試？當然去，接着到了一家叫「寶貴」的，老闆娘親切相迎，言語幽默，說店名叫寶貴，丈夫叫她寶貝。

裏面有甚麼？種類多得不得了，先是看到箱子裏燉的各種湯類，有點像從前香港街頭的蒸品，一盅盅，裏面的黃腳鱲已引起我的興趣，這種在香港已罕見的魚，那邊野生的還能釣到，燉了湯，鮮甜至極。

另外有台灣人叫為花條的彈塗魚、黑油鰻、大塊的馬友、鮑魚海參，還有烏龜也燉了出來。

蒸籠裏的飯，粒粒晶瑩，白飯的鹹魚吊片，糙米紅飯的臘味，引人垂涎。菜不夠可叫各類的雜煮、乾筍豬內臟、豬尾花生、大腸鹹菜、滷肉滷蛋……

再走前，就有海蠣煎，那是潮州人叫蠔烙，香港人稱蠔煎的料理。蠔新鮮，粒粒拇指般大，肥肥胖胖。還有炸芋頭丸子、五香肉和包薄餅的選擇，在這裏，反而吃到傳統味道了。

地址：廈門市思明區湖濱北路97號
電話：+86-592-5055-691

廈門當今有許多大廈式的新酒店，但劉先生還是喜歡海邊的馬可孛羅，只有八層樓，房間舒舒服服，很乾淨。

放下行李又去吃。「宴遇」開在市中心，走年輕人路線，裝修新穎，很受當地人歡迎，客人湧湧，做完一輪又一輪，我們是衝着大廚吳嶸去的，他是受了嚴格閩菜基本功訓練，又能創新的年輕一輩，和另外一位名廚張淙明是師兄弟，兩人不因同行而敵對，反而非常友好。

「宴遇」這個名字和「艷遇」諧音，一坐下來，面前擺着一包保險套，打開一看，是濕紙巾。這是題外話。吃些甚麼呢？先上風味九龍拼，共有土筍凍、章魚、杧果醬油、五香卷、炸菜圓子、海蜇頭、葱糖卷、沙蟲和滷魴魚。

值得一提的是章魚，白灼，如果你對八爪魚的印象是硬的，那麼就錯了。閩南的是又軟又脆，和一般的不同種，絕對不容錯過。杧果當前菜也是特別的，沾醬油吃的作風不知是南洋傳過來，還是這裏傳過去，有時還加白糖加辣椒絲呢。

接着有佛跳牆，是一人一盅的迷你版。廈門嗆汁煎大斑節蝦、銀絲燴金鈕是魷魚麵、煎蟹、雞湯汆西施舌、蔥香汁蒸黃魚、芋泥響螺片、傳統蟹肉粥、韮菜盒、豬油炒味菜、迷你榴蓮糉、花生湯和水果。

煎蟹是閩南名菜，做法簡單，把一隻膏蟹斬為兩半，肉朝下，就那麼在鍋中乾煎起來，一大鍋二十四塊上桌，很有氣勢，只要蟹肥滿，不會失手。

西施舌是一種頗大的貝殼類海鮮，是香港所謂的貴妃蚌的高級版，吃時連帶兩條翅，是生殖器，此蚌雌雄同體，名副其實地自己操自己。昔時在香港的「大佛口」，把所有蚌翅都集中了，一隻蚌一條，共有數百條，當為魚翅來吃，記憶猶新。

韮菜盒也是閩南名菜，去了廈門非試不可，用韮菜、豆乾、豬肉碎和春筍當餡，酥皮焗出來。芋泥甜的吃多了，這裏和響螺片一起做成鹹的，也很特別。

地址：廈門市思明區嘉禾路21號新景中心AB棟2樓

電話：+86-592-8066-917

飽飽，睡得很熟，翌日行程排得滿滿地，非吃一個大早餐不可，有甚麼好過到菜市場旁邊的小食檔去呢？其實選擇也不是很多，廈門人的早餐說來說去還是那幾種，對早餐並不重視，不像武漢人，他們稱早餐為「過早」，像過年吃的一樣豐富。

約了些當地老饕帶路，有名廚張淙明和吳嶸、吃海鮮吃出名堂的海鮮大叔、飲食名記者、以喜歡電影《牯嶺街少年》為名的少年，還有「古龍天成」醬油廠東主顏靖。

閩南人最愛吃的是「香菇豬腳腿」罐頭，用它來炒麵線，已變為他們的名菜。而生產此罐頭的「古龍食物」公司，要大量醬油，自己設有醬油廠，後來生意做大了管不了，就讓給顏靖去打理。

我們幾個人浩浩蕩蕩，往廈門最古老的菜市場「八市」出發。

「八市」菜市場在廈門無人不知，最為古老，由幾條街組成，食材齊全，目不暇給，所有海鮮和廣東沿海一帶相似，並沒有讓我感到新奇的。

有種叫為「鰳魚」的，很像鰣魚，不知是否同一家族，閩南人也有「鰳魚炖菜脯，好吃不分某」。某，妻子的意思，自己吃，不分給老婆吃，也應該相當美味吧。

小巷中有個石門，另有個石牌，只見一個石字，其他已模糊了。旁邊有檔賣海蠣的，老太太在這裏剝蠔殼已剝了六十多年，她家的生蠔最新鮮，廈門人絕不叫為蠔，只稱海蠣。友人林輝煌是廈門人，常說小時候沒飯吃，一直在海邊挖生蠔充飢，羨慕死付貴價在 Osyter Bar 開餐的時尚年輕人。

菜市中心廣場，有個叫「賴厝古井」的名勝。一群老年人坐着矮櫈泡茶喝，老廈門人也真悠閒，一早去買幾個甜的餡餅或綠豆糕，沏鐵觀音或大紅袍，看報紙，又是一天。

這裏，地道的早餐店有「賴厝扁食嫂」，所謂扁食，是小餛飩，還有拌麵。另外有「友生風味小吃」、「陳星仔飲食店」的麵線糊和鹹粥，「阿傑五香」的五香卷等等，算是廈門最地道的早餐了。

有力量去衝刺了，上午到「紙的世界」書店去。這是一家把書堆到天花板，要用梯子爬上去找的店鋪，很有品味，店名也取得好。

我們早到，只有一排客人買了書正在等着付賬，我請同事打開一張桌子，說是為你們簽了名再去給錢吧，眾人大樂。一下子，大堂已擠滿了讀者，有三四百人之多，又和大家開始問答遊戲，最後一一合照，眾人大樂。

我的護法「木魚問茶」和「青桐庄主」也由泉州和福州趕來，好不熱鬧。廈門讀者消費力強，這次的簽售會一共賣了八千本書。

接着上電台節目，主持人洪岩問我會不會說閩南語，我用純正的說了一個笑話：有個廈門男子去了四周是陸地的安溪做茶生意，娶了一個鄉下老婆，帶到環海的廈門，見一大船，後面一小船，太太大叫：「夭壽，船母生船仔！」

午飯去了一家叫「燒酒配」的餐廳。燒酒配，下酒小菜的意思。留下印象的，是一道叫「蔥糖卷」，這是福建薄餅的另一個版本，餡和普通薄餅相同，但下了大量的糖蔥和酸蘿蔔泡菜，吃起來爽爽脆脆，酸酸甜甜，兒童最喜愛，我的「花花世界」網店拍檔劉先生是個大小孩，吃了四卷還嫌不夠。

下午在一個叫「中華兒女博物館」的地方，與各個傳媒的記者做見面會，到了會場，見幾張椅子，讓我們幾個主持人坐，而記者席是離得遠遠地，我一下子把椅子搬到人群當中，讓大家像老朋友一樣聊天，這一來即刻打破了隔膜。

晚上，到廈門最高級的食府之一「融繪」的東渡店。由名廚張淙明創辦，東渡店位於東渡牛頭山，是廈門的地標，我們從停車處經過一條山徑，再乘坐依山而建的三十八米高的電梯才能抵達，包廂中看到三百六十度的海景，廈門大橋就在眼前。

包廂分兩個部份，十幾人坐的圓桌，和一個開放式的廚房。不坐圓桌，就在廚房櫃枱邊進食也行，那樣比較直接和親切，坐圓桌的話，能看到一個電視大熒光幕，現場拍攝和播放着張淙明師傅的手藝。

第一道菜就是我最喜歡的包薄餅了。凡是閩南人，到了過年過節必做菜，吃法簡直是一個儀式，過程繁複，要花上兩三天功夫準備。從前家家人都包，當今在香港已罕見，我一聽說有甚麼福建朋友家裏包了，即刻擠進去吃，而且百食不厭。

廈門一帶，都叫為薄餅，傳到南洋也是那麼叫，泉州則稱為潤餅，泉州文化傳到台灣，故台灣人也跟着叫潤餅。

餐桌上已擺好所有配料和主餡，最重要的，也是薄餅的靈魂，是海苔，叫為「琥苔」，或「滸苔」，把海藻爆炒得極香，沒有此味，這個薄餅就遜色了。另外有春碎的花生酥，加力魚碎、蛋絲、肉鬆、炸米粉、京葱絲、炸蒜蓉、銀芽、芫荽共十種。南洋人吃，豪華起來，還用螃蟹肉代替加力魚肉。

薄餅皮當然挑選最好的，在碟子上鋪好之後，就在薄餅的一邊擺上自選的配料，另一邊把葱段切成刷子，塗上蒜蓉醋、芥末、辣椒醬和番茄醬，在中間最後才放主餡，用高麗菜絲、紅蘿蔔絲、冬筍絲、五花肉絲、豆乾絲、蒜白、荷蘭豆、蝦仁、海蠣、大地魚末、乾葱酥去翻炒了又翻炒，太乾了加大骨湯。閩南人說隔夜翻炒，才最美味。

這一頓最正宗的薄餅，吃了其實不必再去加菜，但讓人抗拒不了的佳餚緊接而來：茶濃響螺片片得極薄，用鐵觀音灼熟即食。豆醬三層肉煮斗鯧，斗鯧就是我們的鷹鯧，有七八斤之大。固本酒焗紅蝦，紅蝦是閩南極品，非常甜，不遜地中海者。海蠣煎當然是蠔烙了，土龍湯用豬尾和鰻魚來炖。閩南芋包用芋泥蒸成皮，包着豬肉、蝦仁、冬筍和馬蹄。雜菜煲用古龍豬腳骨頭燜大芥菜。冷魚三吃是手撕剝皮魚、噙汁巴浪魚、秋葵拌狗魚……

已經吃不下，也數不完，大家自己去品嘗吧。

地址：廈門市東渡路民俗博餅園內牛頭山公園融繪狀元樓

電話：+86-592-6108777

福建行

一天，接到通知，說有一電視節目要我去做，我已甚久不主持此類活動，有點懶，正想回絕，東南衛視的監製王聖志非常有說服力：「你甚麼都不必做，只要當老太爺，坐在那裏，命令你三個徒弟去找食材，然後每一人找一樣東西給你吃，就那麼簡單。」

「還有呢？」我問。

王聖志一輪機關槍：「節目欄名叫《味解之謎》，由福建東南衛視、台灣東森電視、福建海峽衛視聯合推出的兩岸大型戶外美食真人秀，攀山涉水，尋訪鄉村美食，已播了兩季，全國點擊超過一億五千萬，手機終端共觸達三千五百萬IP用戶，得到各界好評。這一季突出特色在於探尋各地極致的食材，和完整複製傳統料理方，形成傳世的食譜。」

哇，好偉大。

接着他說：「節目不僅要帶觀眾到美食的新領域，更要突出食物與自然、料理、勞作和人情，與傳承的關係，這種溫和沉靜的美食文化又需要與輕鬆娛樂結合，基於此，第一個想到你。」

「我能做些甚麼？」再追問。

「我們誠摯地邀請你成為《解謎學堂》的主考官，你將有三位明星學員完成美食任務，獲得食材線索，最後接受你的考核。每期需要你參與的是：一、美食任務的發佈，例如今天究竟要找尋的是當地哪一種食材，提供有關背景或線索。二、食材的檢驗及料理的評判，明星得利用各自取獲的食材做菜，成品歸你點評。三、尋找味道的秘密，由你單獨走入訪問，通過與鄉民的聊天，尋找舌尖上的秘密，以上三個環節沒有競技，只是互相切磋。」

「在哪裏拍？」

「福州的鄉下。」

我這個都市人，一聽到鄉下就想起蚊子，在泰國拍外景時給蚊群追趕，一連八天八夜，已造成了蚊子恐懼症，要搖頭耍手。

王聖志感到了我的猶豫，即刻下撒手鐧：「要找的食材之中，有一種羊，住在山上，每天知道退潮的時間，就走下山到海邊吃浸過海水的鹹草，肉是非常特別的。」

他似乎是知道我是一個大羊癡，而且非常了解我的個性，只要有一種沒有吃過的，即刻有興趣，千山萬水，也會去嘗它一嘗，就那麼出發了。

從香港飛福州，兩小時後抵達，電視台工作人員接機，再乘兩小時車，抵達福州的羅源。

先到小鎮去醫肚，我大概有這種運氣，每到一處的攝影組中，總有一個老饕，由他帶路，吃一頓特別的，在一家叫「一號私房菜」的餐廳。

福州人吃飯，先上小菜，小菜之中少不了的是一碟豬血，滷得甚入味，用這種來下酒，不知比甚麼薯片花生好幾十倍。豬血在新加坡已被政府禁售，如果是新加坡人來到，看到了眼睛簡直會發亮。

另一種小菜是細小的蠔，用鹽水灼一灼就上桌，這種細蠔只有手指首節那麼大，當地很多，想起福建好友林輝煌說，小時候根本沒糖果，就和他姐姐到海邊挖生蠔當零食。灼熟的小蠔鮮得不得了，當然又比薯片花生好。

主菜是我這次旅行吃了又吃、百吃不厭的炒土粉，把空心菜、胡蘿蔔絲、葱、小蝦、肉片、生蠔和番薯粉做的粉絲一起炒，好吃到極點，而且每一家的炒法各異，沒有一家會失手的。各位有機會到閩北一定要試一試，不吃等於去了四川不嘗擔擔麵，損失，損失。

接下來是煮豬手，皮上的毛拔得乾淨，又很爽脆。骨頭熬出來的湯當然特別甜，另有蛤蜊湯、炒海腸、炒竹筍、燉石鱗（石鱗是一種很肥大的食用蛙）、炒番薯葉等等。

到了福建不能少的是土筍凍，極鮮甜，這是一種海腸的啫喱，各地不同，羅源做的不像閩南那麼一小塊一小塊，個頭很大，讓喜歡吃凍的人吃個過癮。

地址：福州市羅源縣羅川中路1瑞都1號公寓4層

電話：+86-591-26832111

吃飽，回房休息，入住的是羅源最好的「羅源灣世紀金源大飯店」，裏面有一家餐廳，這幾天下來都在裏面吃，是住酒店吃得最多次的一紀錄。

到了晚上，製作方在酒店餐廳宴客，前來的是一位女子，那就是世界多項跳水獲獎紀錄最多的保持者吳敏霞了，迄今為止連續四屆奧運冠軍，共五面獎牌，全是金牌，排在世界第一。她本人高高瘦瘦，完全看不出是一個打敗過天下女子的人，最厲害的是，樣子還那麼美麗。

二〇〇一年青年比賽中排名第一的史冬鵬，也是國家田徑健將，專跑一百一十米跨欄，人非常謙遜，斯斯文文，想不到是個身經百戰的運動員。

第三位是喜劇演員姜超，二〇〇六年在《武林外傳》中飾演大廚李大嘴一角而大受歡迎。

大家對着一桌美食大吃大喝，不用出賽，當然不必節食瘦身，有說有笑，氣氛融洽得很，我有預感，這次的節目一定會做得好。

翌日，到羅源鎮見大廚陳奇輝，五十歲左右，人笑嘻嘻地，整身肉結實，像一塊大岩石。別小看他，二十歲已經開始學習煮羊，再鑽研三十年，才成為大師級人物，專門煮這一道「下廩羊」。

而「下廩羊」有甚麼特別呢？這就得先去看看，由陳師傅帶頭，經過漫長的一段沙路，我們在一個小山坡下車。不久，就看到一位鄉民趕着一群羊，羊的個頭不大，每隻三十斤左右，皮褐色。

不用牧羊犬，羊群二三十隻，慢慢地自動走下來到海邊，牠們已知道要做些甚麼，原來是吃退潮後的綠草，草被海水浸過，充滿鹽份，羊每天吃了，本身的肉已有鹹味，是下厙這個地方特有的。

世界上的羊，好些地方有此習性，典型的是法國諾曼第聖山 Mont Saint Michel 的海草羊，還有意大利阿爾卑斯山羊，用牠們的奶來做芝士，最為特別。我問陳師傅會不會用羊奶做別的菜，他回答說福州羅源這裏，只有燉湯這種做法。

買了羊肉後，先到陳師傅的家裏，由他做一碗聞名的湯給我喝。先得找到各種藥材，少一樣都不行，這個任務交了給吳敏霞，史冬鵬找肉，姜超找酒，我就先享受那碗湯的滋味。

一喝，果然驚為天物，我這個最喜歡吃羊肉的人，各種做法都吃過，就是未嘗過下厙羊肉湯，雖然由多種藥材熬出，但一點藥味也沒有，要是藥材味一重，就有生病吃藥的感覺了。

只知滿口鮮甜，完全是大量的羊肉精髓。藥材之中，有種叫「牛奶根」的，之前聽網友青桐莊主說過，很感興趣，她的娘家就在羅源，也特地趕來陪我。

陳師傅說除了牛奶根，還要用苦刺、杏騰、土黃芪、臭蟲柴、羅漢果頭、金桔頭、秀豆根和當歸來燉，份量都是從經驗得來。

看陳師傅的製作過程，先用清水入鍋，小火慢慢地把藥材煮了兩個小時，濃縮為「過濾湯」，再下來就是把羊肉加入。下癝羊的肉鮮紅，不像一般的肉那麼暗黑，陳師傅順着肉的纖維將羊肉切成小塊，再依大小厚薄放入鍋中，熱水汆水五至十分鐘，取出，反覆兩次洗淨，接着用酒煨一遍，酒是剛釀好的，羊肉之中的異味便完美地祛除。

煮成的藥材用網篩掉之後，放羊肉熬煮，不上蓋是因為可以保持原來味道。灶台的火候最為重要，從小火熬起，再逐步增加乾柴，湯滾後拿開柴，轉小火，整個過程一小時，熬煮時，不時加水，用勺子將漂浮在湯面上的泡沫和多餘的油撈掉，煮出來的湯才清澈，最後再加點酒和鹽，就可以上桌了。

喝過湯後我們再長途跋涉，到一條小鄉村中，取其優美背景，拍攝三個徒弟找回來的食材和藥物，吳敏霞找到了一根巨大的牛奶根，陳師傅說用來熬湯有這麼大的才夠味，見嬌小的吳小姐，手臂上都是被蚊子咬過起的泡泡，就從我的和尚袋中取出專門的藥膏給她一搽，即刻止癢。

我這次是做好準備的，大包小包，各種防蚊水帶齊，事前大量噴上，所以從頭到尾沒被咬過，但村裏還有一種小黑蟲，叮起人來也是不好玩的，好在蚊怕水也能起作用讓蟲子迴避。

第二天一早，吳敏霞的男朋友從大城市趕來，向她求婚，雙方家長也陸續趕到，我們在村中大屋的院子裏擺了宴席，大吃下麞羊和其他農村菜，又喝了很多酒，拍攝順利完成。

晚上，我們折回羅源灣世紀金源大飯店，再吃一頓豐富的，餐廳裏也做下麞羊肉湯，但和陳師傅的根本沒法比，之後也再喝過幾次，專家做的不同就是不同，我真的是三生有幸，喝過這碗天下罕有的湯，羨慕死其他羊癡。

大家興致高昂，吳敏霞也喝了不少酒，和她的女助手們拉着我打麻將，打的是最基本的，不能上牌，只能碰牌，誰最快吃胡誰贏。贏了有多少錢？我們不玩錢的，只是打掌心。各美女都給我打過。

第一個環節結束後，翌日就去拍第二個。

從酒店出發，大約一個多小時的車程，距離雖然不遠，但那是著名的十八灣山路，非常之崎嶇，不慣的人會暈車作嘔的，好在我在不丹的山路上已經有了經驗，那才是叫得上驚險，高山上望落去的是深淵，而且都是石頭路，不丹唯一平坦的，是機場的跑道。

好了，到達目的地，是一個美麗又幽靜的山城，當今旅遊業發達，要不是那麼艱難才可到達的鄉村，早就被遊客包圍。

山明水秀，有一條很清澈的河流，巨川的盡頭，就是海了，海水湧入時，和河流的淡水交界，就長出最肥大的野生鰻魚來。

整條五呎長的大鰻魚，背黑色，肚子發着黃金般的顏色，鄉民們涉着溪水，用獨特的漁具漁網來抓。我們是來拍節目的，要是抓不到怎麼辦？通常會事先準備好，但鄉民們很有把握，點頭說：「一定有，一定有，明星到了，鰻魚也要出來看看！」

東湖村的名廚，是位家庭主婦，叫林春燕，相貌娟好，像個讀書人。本身是養兔子的，到她先生的農村，看肥肥胖胖的兔子一隻隻放養，到處亂跑，兩個小姪兒在幫着大人抓。原來是有辦法的，要預先知道兔子的習性，兩人包圍，一前一後，才可以抓到。

走到春燕姐的家，看她做這道叫「半酒燉淡鰻」的名菜。先斬斷鰻魚頸部的脊骨神經，牠的動作就緩慢了，否則怎麼殺，都隨時起死回生，鰻魚生命力極強，感覺到吃牠的肉，有滋陰補腎的功效。

用滾水淋之，去掉皮上的黏質，然後再一段段地切，背部的肉還是連着的，才能捲成一圈，然後燉之。我看過潮州的老師傅做類似的菜，那可真的厲害，是將連着脊骨的肉仔細挑開，最後用力一拔，整條鰻魚皮翻了過來，師傅去世後，這門絕技也失傳了。

春燕姐用酒、生薑、黨參、枸杞、鹽和白糖，在鍋中煮了十五分鐘，即成，速度之快，是驚人的，一碗香噴噴的清燉鰻魚，即能上桌。

試了一口湯，當然是無比的清甜，當今野生鰻魚難求，何況是鹹淡水交界的。日本的鰻魚，已經有九十五巴仙是養殖的，要吃到一尾野生鰻魚，難如登天。再加上春燕姐的許多佳餚，這頓家宴十分精彩，飽飽，抱着肚皮回酒店睡了一晚。

第四天再看徒弟們找回來的食材，由春燕姐再辦一桌菜讓攝製組拍攝，《味解之謎》這個節目順利地拍完，再下來就等着在電視上看。

本來可以從福州返港的，但是我久未到過泉州，既然來到福建，就特地去跑一趟。

大家知道，福建分閩南和閩北，在羅源吃到的是閩北菜，福州話和閩南話相差很大，我一句都聽不懂，閩南話我倒是拿手的，從小受鄰居的廈門家庭養育，精通他們的文化，這回怎麼也要去泉州，重訪開元寺。

從羅源開車到泉州，需四個小時，我們在各個休息站吃吃停停，車程也不算辛苦，經過莆田時，買了一大包興化米粉回香港吃。

到達泉州，入住萬達文華酒店，未到之前已和網友「木魚問茶」聯絡上，她和她先生都是當地著名的戲劇家。

問我想吃甚麼？我當然回答：潤餅、潤餅、潤餅。

潤餅是福建薄餅的泉州叫法，傳到台灣，也叫潤餅，是我百吃不厭的地道小食。

潤餅各家做法不同，材料基本上有：紅蘿蔔、冬筍、高麗菜、荷蘭豆、蒜仔、韮菜、唐芹、芫荽梗、香菇、木耳、豆乾、蝦仁、蟹肉、煎蛋、魚肉、瑤柱、花生糖末、春卷肉，和少不了的滸苔，滸苔不好的話，潤餅就做不成了。

把材料炒了又炒，一大堆，吃不完第二天翻炒更美味。包潤餅的時候，先把薄餅皮鋪在平碟上，拿數根蒜仔，就是蒜梗了，把一頭拍扁，當成一根刷子，沾了甜麵醬，塗在餅皮上，這時可另塗蒜蓉或辣椒醬，再撒上花生糖末，放炒好的食材在上面，就那麼包起來。

你會發現泉州的薄餅，是不包死的，一頭還開着，為甚麼？那就是方便把炒好材料中的汁澆進去，吃起來才不會太乾，是最正宗的吃法，各位有興趣，可買王陳茵茵著的《家傳滋味》參照。

友人帶我到當地的一家餐廳去，各種菜都做得好，我其他的不碰，潤餅吃完一條又一條，最後還把剩下的數條帶回酒店，半夜起身，再吃。

翌日想去吃地道的早餐，問説有甚麼特色的？司機説泉州人不注重早餐，專攻消夜，早餐只有番薯粥等，勉為其難，帶我去一家叫「東興牛肉店」的，吃各種牛肉菜式，還是可以的。

地址：泉州市鯉城區莊府巷13號

電話：+86-595-2239-1271

吃完直奔開元寺，泉州是海上絲綢之路的出發點，唐宋以來已和海外通商，宗教上受的影響也是多元化的，所以弘一法師選中這個世界大同的佛寺來終老。

主持相迎，是一位很年輕英俊的法師，叫為法一。他知道我對弘一法師最感興趣，就帶我到寺內的弘一法師紀念館，而且打開不對外開放的收藏室讓我參觀。算是和弘一法師有緣，見了許多墨寶，還有一些印石，以及法師用過的筆和刻刀，發現刻刀和我慣用的一樣，這是得康侯先師的教導，沒有用錯。

從寺中出來，再去了晉江，未到之前以為晉江很遠，原來和泉州隔了一條河罷了，總算到了晉江一遊，在那裏吃了一頓白水煮豬手的午餐，再在一個美食中心，看到潤餅，又買了幾條。翌日一早要去機場，晚餐免了，半夜起身又吞了數條潤餅，大量生產的一點也不好吃，但還是照樣吞完。

翌日由泉州機場飛返香港，此機場距離市中心只需十分鐘車程，是全國最方便的，當今已是各大都市中罕見的了。

十號胡同

廣州的「十號胡同」終於在二〇一三年八月二十九日正式開幕。

這個我有份參與的美食坊，有個故事，得從頭說起。在二〇一〇年我到馬來西亞拍電視節目，去了一個叫幸福島的度假村，認識創立人楊肅斌，他帶我到快將營業的「十號胡同」，是把吉隆坡著名小吃集中在一塊的地方。

「怎麼沒有『金蓮記』呢？」我問。

金蓮記是我每到吉隆坡最喜歡吃的福建炒麵攤，拼命向各位同好介紹，得到老闆的信任。楊肅斌的手下去游說，沒成功，我一叫，他即刻來了，當今成為「十號胡同」的主角之一。

楊肅斌是馬來西亞的鉅富，被封爵士級的 TAN SRI。集團擁有單軌火車、淨水工程、房地產等等，是當地的十大企業之一，和香港很有緣份。年輕時娶了《歡樂今宵》的「阿妙」陳儀馨，太太仙遊後發誓不娶，做人很有義氣。

那麼一個有錢人，為甚麼那麼熱衷去搞這麼一檔小生意？他的解釋非常簡單，這些從小吃到大的街邊攤，要是不好好保存的話，就會一檔檔地消失。

我也主張和保護瀕臨絕種動物一樣，瀕臨絕種的美食，也應該保護的，所以和楊肅斌一拍即合，成為好友。

吉隆坡的「十號胡同」共有三十一個攤位：客家傳統釀豆腐、老婆多小廚、BiBiQo、燒包黃、金馬律薄餅、南洋十號咖啡、Chud BROTHERS、東方甜品、中華海南雞飯、品芋肉骨茶、DUCK KING、QQ麻糍、義青麻油、何榮記、SARIFAN CAFE、漢記靚粥、SOCIETY BISTRO、汕頭潮州糜、ICE ROOM、燕美律正宗豬肉丸粉、大利來記、怡寶來、THAI CORNER MINI WOK、水吧、魚類麵之家、YAKITORI、鴻泰、老油記、禮飲茶、津記、金蓮記。

請了日本名家設計，像跌入一個迷魂陣，也如走進胡同，開在最旺的BUKIT BINGTANG路十號，所以把名字改為「十號胡同」。

在不斷地改良進步之下，生意滔滔，最旺時每天有一萬五千人來吃，成為旅遊景點之一。

香港有中環，廣州沒有，就打造一個，結果就是「珠江新城」。在眾多的大廈中，好友胡志雄買了兩層，問我可做些甚麼，想到楊肅斌說「十號胡同」已成熟，可以往外發展，就和他說起。楊肅斌問我甚麼時候，我回答愈快愈好，接着他一聲不出，即刻帶了三十位小販殺到廣州，看了地點，大家都認為大有可為，就此決定。

中間當然經過種種的困難，也不必去提它，廣州「十號胡同」成立起來。為了隆重其事，楊肅斌請了馬來西亞旅遊促進局主席黃燕燕，拍了多部好萊塢大片的楊紫瓊和世界著名品牌周仰傑前來剪綵。

楊紫瓊本人一點架子也沒有，有誰請她合照都來者不拒，在飯局中我見到她坐下又站起，是有點心痛。她記性真好，說剛剛來港時多得我照顧，那是多年前的事，我也沒有做甚麼幫得了她事業的大事，只是客氣地說隨時打電話給我，得她那麼說起，頗覺臉紅。

真的想不到周仰傑是馬來西亞人，他的中文名字知道的人不多，但一提起Jimmy Choo可是無人不識，世界各大都市都有他的鞋店，皇親國戚與荷里活巨星都爭着要穿他的作品，美國電影電視裏，在對白之中也常有他的名字出現。

遇到他本人時，最有興趣問的是：「你怎麼成為一個鞋子設計師？」

「我父親是做鞋子，我踏上這條路理所當然。家父移民到英國，把我送到最好的學校學設計，是後話。」他回答。

雖然這麼輕描淡寫，過程中必定有他過人的智慧和不斷的努力，他加上一句：「遇到知音的提拔，也是決定性的。」

「現在還親手做鞋子嗎？」

他即刻脫下腳上的，說：「我們中國人過年有買新鞋的習慣，我認為有大喜慶也應該穿新鞋，廣州有我教學的學院，昨晚在那裏找到工具，就做了這一雙，我們做鞋，很快的。」

「連戴安娜王妃也要找你做鞋子，天下美女的腳都給你摸了。我們有一位導演叫李翰祥，他是一個戀足狂，要是他知道當鞋匠也可以當得那麼厲害，早就轉行。」我打趣，他也大笑。

開幕時楊肅斌的演講很有意思，他說：「我們的祖先來到南洋，主要是賺錢吃飯，那時候南洋比他們的家鄉富裕。當今中國強了起來，我們的小販回過頭來在這裏賺錢吃飯，是件好事。我們沒有忘記刻苦耐勞的精神，我們也比較保守和固執，連味道也是，食物是從中國帶去的，現在我們又帶回來，相信大家都吃得慣。當年我們的祖先都窮，所以要吃『平、靚、正』的東西，就是便宜、乾淨又好吃，我也帶着這種精神來到廣東，希望大家喜歡。」

楊先生還強調小販做的是Comfort Food，對這個名詞，我一直找不到適當的中文譯名，想吃的話來「十號胡同」好了。

這裏賣的都是Comfort Food，吃過就知道。

地址：廣州市天河區珠江新城華夏路28號富力盈信大廈蔡瀾美食城2樓

茅山食府

這種地方不可能開着餐廳吧？

「茅山食府」躲在幽深的小巷裏，不是本地人帶我，根本無法找到。

最初聽到有這麼一家食肆，第一個反應就是：「茅山？是不是茅山道人的茅山？」

經理伍先生，三十多歲，笑嘻嘻站在門口歡迎我，即刻提出這個問題。

「不不不。」他說：「廣州也有一個叫茅山的地方，是全廣東最大的屠場，一天要宰兩千頭豬。」

「私營的，還是國營的？」

「當然是國營的了。」伍先生說：「不過投資太大，最尖端的屠宰機器總共花了一億人民幣，現在開這家餐廳幫補幫補，也可以說是企業化中的多元化。」

走進去，門口裝了許多玻璃水箱，裏面有各種海鮮，我看了暗暗叫苦：「又是香港式的蒸魚灼蝦吧？已經吃厭了。」

大廳意想不到的巨大，可以擺二十幾桌，樓上還有貴賓房十數間，租金便宜才付得起有這種氣派，這是香港餐廳難於想像的。

中午時刻坐滿了客人，我習慣性地看他們桌上叫的是甚麼菜？最多人吃的一定是餐廳做得最好的。

一個直徑呎半的大鐵盤，燒得通紅，裏面是各種豬雜，香噴噴嗞嗞作響，每桌都看到。

「這叫甚麼菜？」我問。

「啫啫。」伍先生說。

「不是用煲上的嗎？」

「所以沒有加一個煲字。」伍先生解釋：「只是一種粵菜的傳統做法。」

坐了下來即刻嚷着要吃啫啫，不消五分鐘就上桌，用筷子挾了其中一片東西送入口。嘩！又香又脆，一點也不硬，真是好吃。細看內容，有小腸、肚尖和豬膶，另外有又細又長的東西，也很爽口。

「甚麼東西？」我從來沒看過。

「豬的啫啫。」伍先生說。

啫啫，廣東話中男嬰的生殖器。

伍先生又笑着：「如果不加其他內臟，單單是一味啫啫的話，這道菜就叫啫啫啫啫。」

聽了差點笑得從椅子掉地。

看這條啫啫，只有蚯蚓般粗，有些部位還彎彎曲曲，不禁問道：「豬啫啫怎麼會比牛鞭幼細得這麼多？」

「豬都是閹過的，沒有用，就細了。」伍先生說：「普通的豬鞭也不粗，而且是螺旋形鑽進母豬體內的。」

真厲害！怪不得一生就是那麼多頭小豬。

「第一次吃。」我說。

「我們經營屠場，才拿到貨，外邊餐廳絕對吃不到，不過也不是隻隻都是公豬，有時宰兩個鐘，也只是那麼幾條。」

再下來是鹽焗豬腰，整個很薄地切成一片片，中間白色部份也沒清除。吃了一口，一點也沒有異味，是甚麼道理？

伍先生請大師傅出來說明：「哦！事前先灌水，不過主要還是夠新鮮，今早從屠場直接送來現做的，菜市場賣的就不能叫得上是新鮮。要是給凍過的話，根本不能這麼吃。」

「怕不怕有病？」這是最重要的問題。

「屠宰之前檢查一次，開膛後又檢查一次，出貨前再檢查一次，都由專家負責。屠宰機比香港的還先進，我們的豬是吊着處理，從不碰到地面。萬一發現可疑，即刻停止屠宰，把整批豬完全消滅。」伍先生保證：「所以茅山的豬，也叫放心豬。」

這下子可放了一百個心：「再下去吃甚麼？這一餐有多少個菜？」

不先問清楚的話，不知怎麼留肚。

「今天為你準備的是全豬宴，一共三十四。」伍先生說。

又嘩了一聲。好！吃就吃！好吃的話撐死也就算了。

以下的三十四道是：一、陳皮骨；二、金銀菜燉豬肺；三、鹽焗生豬頭；四、椒鹽黃喉；五、芋頭扣肉；六、煎豬扒；七、鮑汁豬手；八、粉葛豬尾煲；九、飄香五層肉；十、煎粉腸頭；十一、鹽焗肚尖；十二、香料豬膶；十三、XO醬炒肉片；十四、炸九轉大腸；十五、花雕豬橫脷；十六、陳皮蒸豬心；十七、話梅豬腳；十八、大芥蘭片炒鹹肉；十九、涼瓜炒燒肉；二十、韮菜豬紅；二十一、黑椒焗粉腸；二十二、酸薑炒豬仔肚；二十三、黑糯米酒煮生腸；二十四、五仁炒豬心；二十五、大腸釀鹹蛋黃；二十六、肉丸子湯浸莧菜；二十七、紅燒肉；二十八、肉碎炒蛋；二十九、白灼豬肺裙；三十、油炸鬼炒脆腸頭；三十一、紅炆不見天；三十二、豬腦湯；三十三、烤乳豬；三十四、龍鳳配。

「龍鳳配？」我尖叫起來：「我是不吃貓的！」

「不不不。」伍先生說：「是雞和豬。」

把豬叫為龍，我服了他。

伍先生看到我的表情，說：「整隻豬都是寶。要做起菜來，一百道也做不完。單單一個豬頭，可吃滷鼻、灼面珠登、燒豬頸肉、千層風凍、椒鹽豬舌，連住脷根的部份叫天梯，也很可口。」

「你怎麼講少了一樣豬睾丸？」我打趣。

「剛才不是說過所有的豬都是閹了的嗎？哪來的睾丸？」伍先生也笑了。

「你到底有沒有吃過？」我追問。

「吃是吃過的。」伍先生說：「豬啫啫很小，但睪丸特大，足足有顆富士蘋果那麼大。不過味道麻麻哋，我一生人只吃過一粒，可以說是漏網之丸呀，哈哈哈哈。」

地址：廣州市荔灣路小梅大街17號

電話：+86-20-8816-881288

廣州的酒店

三十多年前第一次踏足廣州，入住的是白天鵝賓館，印象很深。從此，就成為忠實的顧客，每回去到這個最大的城市，就沒有到別家去了。

白天鵝大堂的氣勢，房間的舒適，都是沒有一間廣州酒店可以媲美的，尤其是早上的飲茶，令我一住再住。最重要的還是可以到周圍的沙面散步，那數棵巨大的榕樹和古樸的建築，在廣州去哪裏找。

幾十年下來，廣州出現了不少五星級的酒店，珠江新城的建立，更有世界名牌酒店集團來這裏設立，像麗思卡爾頓、四季、君悅等等，雖一一試過，到最後，還是回到白天鵝來。

丘師傅做的點心，那手剁豬肉的燒賣，味道一試難忘，叫一盅濃濃厚厚的普洱茶，讀一份免費贈送的《羊城日報》，已是我的生活習慣。

最後一次去，聽説白天鵝要裝修了。好傢伙，這一裝修，就是三年，國家經營，可以慢慢來，裝修後會變成一個甚麼樣子，都是我們這些老客人最擔心的。

其間也住過不少家其他酒店，老牌子的花園酒店，雖然有點殘舊，但是點心水準還是不錯的，後來因為與公幹有關的機構都集中在珠江新城，就在這一帶下榻了。

麗思卡爾頓一住再住，房間很大，尤其是套房，有時還摸不清兜來兜去走，從窗口望到的廣州地標小蠻腰，早晚清晰可見，又能俯視珠江，景色相當優美，該酒店系的特徵是床很高很大，是間很不錯的選擇。

後來有友人在四季任職，可以打折，又常去住。酒店建於大廈的高層，須搭電梯上數十樓，才找到大堂，從此望上去的彎彎曲曲一層層的樓頂，也留下印象。房間也有麗思卡爾頓那麼大，住得一樣舒服。早上去吃他們的自助餐，食物變化甚多，還有一處給小孩子吃的，附近又沒有甚麼好的飲茶去處，也就不埋怨，乖乖地在酒店吃了。在頂樓還有一間很好的酒吧，睡不着喝一杯再入眠。從此我又不換酒店，一去廣州一定住四季。

前幾回友人代訂了在廣州市中心的文華東方，是太古集團的，不像香港的文華，沒有那幾家熟悉的酒吧，不過走下來就是他們的商場，這是時髦男女愛光顧的，看見的人衣着都像香港，沒有白天鵝客群的雜亂。到處的名牌店，全中國一樣，全世界一樣，毫無驚喜。

套房也大，有些角落還裝了些大鏡，不小心會一頭撞上。房間的燈光自動化，有時會忽然熄滅，我沖涼沖到一半要裸着身，摸黑出來找到總掣，才能恢復光明，但我想這是我運氣不好，是罕見的例子，但住了兩晚，都有相同的例子發生。

周圍也沒甚麼好吃的，為了應酬，去了商場中的翠園，東西難以下嚥。還是老辦法，等友人叫的燕魚吃完，剩下些魚汁，澆在白飯上，填了肚子，不然在三更半夜叫房間服務，是麻煩事。

終於等到白天鵝裝修好，可以入住了，那條很長的天橋還在，廣州市民都說破壞了風水，很早就有人提出要拆除，我倒認為沒有甚麼道理。

大堂櫃枱新穎，還剩下幾位臉熟的職員，其他管理級就不見了。裏面的假山假石假水依然，不像傳說中拆掉，還有很多客人在前面拍照片。

一進入房間，從前那鋪有大理石的氣派沒有了，像一間普通的國際性酒店房間。個人的服務也不存在，從前一入住即看到一排插蘇，是額外給香港客用的三腳長方形。當今換了，也有一排，但只是國內用的扁頭，對外來的客人一點用處也沒有。

從窗口望出珠江，風景依舊，我常說在這裏恢復珠江花艇，是很吸引遊客的景點，從前香港的避風塘就是抄襲珠江花艇的，現在香港的消失了，如果在廣州重現，絕對能成為觀光景點。

早上，到沙面去散步，那些大樹還在，建築物刷新，更像電影裏的佈景，街上擺滿了三流藝術家做的銅像，品味低劣。我愈走愈不自在，一切讓我愛上的氣氛完全消失，再也不讓我想來重遊。

喝早茶認識的那位經理前來招呼，也感親切，只是水準大不如前，燒賣上面鋪了些廉價黑松露醬，價錢我沒看，不會少於從前的，大約增加了一倍以上，房價也是如此吧。

代表一個時代的終結，白天鵝再也不讓我依戀，還是回到所謂高級的太古廣場和珠江新城吧，整個廣州在蛻變，人民的生活水準提高，早起的勞動人民少了，在街上做運動的人不見，代之的是戴着耳機慢跑的健康人士。

回來說酒店，東京的不必說，就算台灣的也幾乎每一家都裝着噴水的馬桶，但全廣州還是沒有這種設備，還說是五星的。

水鄉美食城

有次出席一個東莞的宴會，等個半天，食物不出來，餓得肚子咕咕叫時，上了一些水果，望着那些顏色不對的西瓜，和紅得不自然的火龍果，再說甚麼也不肯動手。

後來，好歹捧出些糉子，咦，又不是端午，出甚麼糉子？看樣子，又乾又癟，絕非剛蒸好的，雖然已冷，但我不在乎，剝開糉葉一口咬下，啊啊啊，是我吃過最美味的。

甚麼味道？又甜又鹹。甚麼？甜就甜，鹹就鹹，沒吃過又甜又鹹的，友人說。這種又甜又鹹的味覺對我來說也非陌生，潮州媽祖宮的糉子，就是把一般味道的鹹糉子做好了，加一大堆甜棗泥進去。

打開眼前這個糉子，不見豆沙，也無棗泥，哪來甜味？裏面的餡，也只有蛋黃和豬肉，並不特別，但味道怎麼調得那麼好？鹹中加甜，也不會令人抗拒？

「這糉子是甚麼地方做的？」打聽過後，隔天即刻驅車前往，從香港市區出發，走三號幹線，到皇崗口岸過關，出來後就可以看到廣深高速的路牌，走上高速，一直開，就看到道滘了。

道滘這個名字聽起來好像「道教」，也許以前是產酒的，原來這個東莞的小鎮，是以出糉子聞名，每年都舉行糉子節，非常熱鬧。

糉子是由一家叫「佳佳美」的小食店生產，雖然其他食肆也有糉子賣，但你問當地人哪一家最好，都會指你到佳佳美去。

小食店甚麼都賣，客人可吃粥、麵或馬蹄糕等，糉子不在店裏吃，多數是外賣，價錢甚為便宜，見客人一大袋一大袋幾十個買走。

老闆前來，是一位瘦小的女士，名叫盧細妹。問道滘糉子的做法，她毫不保留地說：「用冰糖把五花腩浸過夜，第二天包的時候，把肉放在中間，和鹹蛋黃、綠豆一齊包好，就那麼簡單。」

「一定還有些甚麼秘密吧？」

盧細妹露出你這種城市人怎麼那麼煩的表情：「父親教下，就是這麼包，有甚麼秘密呢？」

從此，我每到廣州，一定由火車改為汽車，路經道滘，就到那家小店吃點心，買糉子。那麼多年來，見證了盧細妹的生意愈做愈大，雜貨店變成小的超市，小超市變大超市，煙、酒都包辦來賣，食店也由小的變成大型的，我們都把她稱為企業家。

企業家說為了應酬，另外開了一家餐廳，叫我去試，我欣然前往，這一試，就上了癮，這些年來不斷光顧，成為一家我百食不厭的館子。

說是餐廳，又不像，茶樓也不像，總之是老土，但老土的可愛，地方是乾淨的，還一共有三層樓，可坐許多客人，早中晚市都擠得滿滿地。

這裏的樓面經理叫黃漢盧，大廚叫葉旭琪，都是一跟企業家一做，就沒有轉過工的忠心伙計。來久了，大家都知道我喜歡吃些甚麼。

店裏有個小缸，養着活魚，我的最愛，是水蛋蒸鰂魚，這個菜在香港幾乎是絕跡了，別看蒸水蛋是簡單玩意兒，蒸壞了怎麼辦？一般的廚子都不敢去碰。這裏做的魚和蛋真是融和在一起，魚肥起來，肚子都是膏，和蒸蛋拌着吃，人間美味。

說到魚，店裏有道涼菜，是滷水魚頭，用的是鯇魚，滷水鵝滷水豬肉吃得多，滷水魚也另有一番滋味，如果怕魚頭多骨，那麼可以叫滷水魚尾，每一口都是肉。

另一道非叫不可的是蟛蜞粥，這個東莞的傳統家庭菜，是配上豬肉丸子一起用砂煲滾出來的，豬肉丸做得爽脆和彈牙，加上蟛蜞這種螃蟹雖小，但甜味十足的食材，每人可以吃一大煲粥才叫過癮。

鄉下地方沒有甚麼甜品，但眉豆糕可是一絕，我的助手楊翺最愛吃這道甜品，去了非叫不可，上桌時更令人嘆為觀止。

那是用一個長方形的鋁碟蒸好了整盤上的，另用一小刀把眉豆糕剮開。做法是粘米浸後用石磨磨成漿，眉豆則先蒸熟加在米漿中，加糖、加鹽和五香粉。放進鋁碟中蒸出來的本是偷工減料，真正傳統的倒要放在布上，像拉腸粉那麼蒸熟後拉出來。

這麼多年以來，和盧細妹已經成為好朋友，友情建立於互相的信任，所以我的抱抱蛋卷也是在她的廠開發出來。盧細妹有個得力助手叫袁麗珍，特別喜歡做新產品，別人愈做愈覺得忙，她反而是看到新產品成功才開心，與我一拍則合，多次失敗後，我們的蛋卷已得到各位的欣賞，在網上的銷路奇佳。

與盧細妹的合作是看過她的廠房之後的決定，一切乾乾淨淨，甚有規模，我一直覺得這對她是一宗小生意，肯為我加工，都是我們的交情。

今天又去道滘研究新產品，這不好，那不好，嫌東嫌西，袁麗珍在旁細心地聽着，和她的手下研究，對我的批評一點也不介意，看她的樣子愈看愈可愛，如果有兒子的話，就娶她回家當媳婦了。

地址：東莞市閘口花園大街7號101

電話：+86-769-8133-3228

香雲紗與倫教糕

我對香雲紗這種傳統的布料，有深深的迷戀，一到夏天，非穿着它製成的衣服不可。

從小就看奶媽的，黑漆漆，像很厚，又很薄，已經穿了不知道有多少年，皺處開始出現了褐色的條紋，愈來愈多，奶媽說得做新的了。

長大一點，看周圍的叔伯，也穿這種料子，已覺得老土，印象模糊，逐漸忘記，等自己也上了年紀，有個偶然的機會買了一件現成的，大熱天穿上後覺得整個人輕飄起來，涼風也陣陣透進，喲，這是多麼美妙的感覺！

最近迷上長袍，冬天時方着，舊文人夏天也穿，手上一把扇子，見了面互相比較，是哪個畫家的作品，優雅到極點。

夏裝布料，可選擇並不多，絕對需要極薄，否則穿起長袍來悶熱死人。只有日本新潟的小千谷縮最適合，它用麻織，薄如蟬翼，這是冬天鋪在雪地上讓布料縮起來，盡量少讓它接觸皮膚，才有舒服的感覺。

而中國料子中，首選的也只有香雲紗了。

為了買布，我去了順德一趟。那裏有罕見的一間香雲紗廠房，已成為當地的文化遺產，負責人梁珠，人稱珠叔，是僅存保有香雲紗技術的傳人，在日本的話，早已被封「人間國寶」。

「先吃飯，先吃飯。」珠叔說。

帶我去他們的私家廚房，廣大的一片土地上種滿了花和蔬菜，雞鴨隨地跑，池塘中養着魚。已經很久沒有吃過那麼飽的，單單是用豬油煎的荷包蛋，一食五個。

接着去廠房參觀，製作過程複雜得不得了，先用真絲的白布料煮過之後洗水、曬乾，平鋪於草地上，用「茨莨」裏的宿根液來浸，反覆又反覆，一共浸灑三四十次。而最奇妙，也最吸引西方人的，是那層鋪染塘泥的工序。用泥土？誰會想到呢？因為茨莨有豐富的膠質，所以粵人一直把它稱為「黑膠綢」。

黑膠綢這個名字不好聽，這布料到了上海人手上，改成香雲紗，即刻高級了起來。當今順德的這家店也叫香雲紗了。

而香雲紗三字又如何得來？這種布料最輕盈，外面那層硬膠，令到走起路來一磨擦，發出沙沙的聲音，又因被泥土浸成深褐的反過來那一面，像香煙煙絲的顏色，最初叫香煙紗，最後才正名為香雲紗的。

舊時海外華人都穿香雲紗，製作技術也傳到了越南，大為流行，越南少女都穿白衣和香雲紗的黑褲，法國人一見，驚為天人，但始終沒有好好設計，在時裝界中起不了作用。

走到小賣部，有各種男女的香雲紗現成衣服出售，我要了兩條褲子，跟着買布。一件長袍，標準的 150 布封，需四碼半。香雲紗的布封只有 114，結果買了五碼七，高高興興地帶回香港找裁縫做，當今已入秋，要到明年夏天才能穿上了。

地址：佛山市順德區倫教龍洲中路香雲紗博物館

電話：+86-757-2772-2376

既然來到倫教，不吃白糖糕怎行？白糖糕到處有，聞名的有江西白糖糕和廣東白糖糕，是完全不同的兩種美食，廣東的倫教做得最好，後來就乾脆叫為倫教糕了。

白糖糕的做法簡單，材料也不過是粘米粉、白糖和清水。將粘米粉過篩，加入白糖和清水，順同一個方向攪拌均勻，小火煮粉水，一邊煮一邊攪，便會開始變得黏稠，加入酵母，便可用個竹籮，籮反翻，上面鋪白布，再把米漿塗上，放進大爐中蒸，即成。

說來容易，家裏哪來的那麼一個大爐子，可以把雙人合抱的竹籮放進去？要吃倫教糕，還是去倫教，而最著名的，就是倫禾園的梁桂歡白糖糕了，老闆叫歡姐，是位企業家了。

店子不在大街上，車子轉彎了又轉彎，不是新天成的伍小姐帶路，還真的難找，終於在一幽靜的住宅區中看到，好大的地方，可以停泊數輛大巴士，歡姐的白糖糕店，已成為觀光點。

又是大廳又是院子又是製作坊的地方，擺着些商品，又有好幾張桌椅讓前來欣賞的客人休息，我一向心急，一下子衝進廚房。

無數的木架子上放滿一籮籮的白糖糕，剛剛蒸好，即刻切下一塊來吞進口，呀，那種輕鬆的口感和陣陣的米香，微微的甜味，豈是人間食物？

「甚麼？白糖糕不是帶點酸的嗎？」沒有吃過真正倫教糕的人一定有這種錯誤的說法，尤其是在中環街頭買的，的確是帶酸，但是倫教的，只有甜，一點也不酸。

在番禺開「滋味粥」的好友王偉，餐廳裏也賣白糖糕，他說自己廚房怎麼做，也做不出來，只有從歡姐那裏進貨。是的，歡姐這家店，門面做的遊客生意只是一小部份，她批發出去的份量，才是驚人的。

「沒有秘密。」歡姐說：「做法一樣，一代傳一代，把白米磨好後加清水和糖而已，製作的過程之中，要經過微微的發酵，而我們的酵母，就是上一次製作時剩下一點點米漿，我們叫為種，沒有這種種，是做不出來的。」

「歡姐的白糖糕店」

地址：佛山市順德區倫教鎮北海大道北50號

電話：+86-757-2775-0961

撒椒

友人介紹了國內一對夫婦，叫王力加和李品熹，是開餐廳的。都是年輕人，太太李品熹清清秀秀，斯斯文文，本身是湖北人，但更像蘇州女子，說吳儂軟語。後來才知道，截至二零一六年一月底，他們開了一百零五家店。

名字叫「撒椒」，是太太想出來的吧。說明是「江湖菜」，甚麼叫江湖菜呢？有人的地方就有江湖菜，記錄源於鄉野民間，做出來的都極為美味，專攻一品，故有一菜一店闖天下的傳統。李品熹有鑑於此，把江湖菜集中在一起，改掉環境不衛生的惡習，但堅持遵循正宗做法，從街頭巷尾搬進了高級購物中心。

去試的這一家新開在深圳華強北九方，其他商店都還沒被炒熱時，「撒椒」已經排了長龍。

走了進去，發現餐廳分兩個部份，室內的和花園的，後者可以抽煙，座位都不大，四人的居多，適合年輕人消費，他們都不帶一家大小來的。

為甚麼從二零零九年到現在短短的時間內會搞得那麼成功，是我研究的對象，看了餐牌，即刻知道，所選的江湖菜，首先是容易複製的。

主角有「最佳燜豬腳」，的確好吃，煮得糜爛入味，骨頭都能嚼着吃，豬腳和土豆（薯仔）一塊燜，一大盤才賣五十八塊，在深圳消費已比香港高的現在，這價錢實在合理。吃了一塊豬腳，味道甚佳，但薯仔更是入味，好吃過豬腳。

餐廳出了一招很厲害的，是薯仔免費，無限添加。

另一位主角是「霹靂嬌蛙」，用大量的紅辣椒乾來煮牛蛙，加以絲瓜。當然，絲瓜更好吃，絲瓜也免費添加，貴一點，賣一百四十八。

出另一絕招：大家都怕地溝油是不是？各位都嫌吃過肉後剩下那一堆辣椒乾可惜？那麼，把吃剩的油用罐子裝起來，辣椒乾替你拿去磨碎了放在罐內，貼上貼紙，教你怎麼利用，煮麵呀、炒菜呀，紙上又有桌子號碼和日期，保證衞生，若有毛病可找根源。

這些針對顧客心理的招數，都是女人才想得出來，男人才懶理這些。

要容易進貨，食材不能有太多的選擇，只限於牛蛙、草魚、鱸魚、鳳尾蝦，但做法可有變化，也不能太多，只限於酸菜味型、青椒味型和紅辣椒乾的水煮味型。

所謂的類型，其實是火鍋的變種，你可以加輔菜進去煮：金針菇、寬粉皮、鮮豆皮、有機蔬菜、魔芋片、午餐肉、高山娃娃菜、蓮藕片、萵筍片、土豆片、黃豆芽、黃瓜片和滷肥腸。

都是辣，不吃的客人呢？

先上一鍋蘿蔔湯吧，才二十八塊，是真正用大量蘿蔔炖出來，不甜才怪。

再來些小菜：有八塊到十二塊錢的花式泡菜、涼拌木耳、白灼時菜、拍黃瓜、家常茄泥（特別好吃）、芥末毛豆、水煮花生、土豆片、怪味粒粒香（其實是豬耳）、旋子涼粉、小種海帶。香腸排骨值得一提，是整塊肉帶骨包進香腸裏面的，由台灣小吃得到的靈感，才賣九塊。

飽不飽？主食類還沒說出來呢，有手工烤包子，玉米焗攤其實是烤玉米，炒玉糖開水很特別，把米爆了再浸糖水，炸老石是用魷魚墨魚做的，另有墨魚汁炒飯，我最喜歡的是紅糖小糉子，一顆顆迷你糉很可愛。再不飽，要一碗三塊錢的白米飯好了。

飲品方面除了啤酒、紅白餐酒和可樂之外，有鮮搾檸檬、冰桔檸檬、鮮搾甘筍蘋果汁、火龍果酵素氣泡飲、西瓜汁等，每一杯都像雞尾酒般擺設出來。

問品熹何時有開餐廳的念頭？

答：「二零零九年初，覺得是件好玩的事，同時也是一種投資。」

問：「第一家在甚麼地方開，用了多少資金？」

答：「第一家在深圳，用了八十多萬元人民幣。」

問：「第二、三及以後的呢？當今一共多少家？」

答：「二零一零年四月第二家，也在深圳，選址和裝修花了非常多時間。二零一零年十一月第三家開到江西贛州，嘗試了跨區域管理。

「每年的開店數量及營收都是翻倍增長，至今包括四十一家加盟店共有一百零五間，分佈在三十六個城市。」

問：「有沒有拜過師？」

答：「沒有，摸着石頭過河，一路從無知走過來，現在還在摸索，總覺得我們是在創業，時刻感覺在路上。」

問：「今後的計劃？」

答：「二零一六年計劃做好自己的店和加盟店的管理工作，壓縮直營店數量，讓公司和自己都不要那麼疲勞，能有時間思考，所以，二〇一六年將新增『探魚』的烤魚店直營店六十八家，可能會做一些互聯網的項目。」

問：「例如呢？」

答：「例如開發一套便於餐飲業使用的軟件，從採購到與消費者的互動，都能在這系統上進行管理。這樣的系統在我們自己的公司運行，等做到純熟時再給其他同行使用。

「細想似乎沒有預定超過兩年的計劃，但時常告誡自己要保持敏銳度，尋找一些有市場潛力，或者業內還沒有做得好的領域，開發新的顧客。」

年輕人，實在厲害，值得學習！

反對火鍋

湖南衛視的「天天向上」是一個極受歡迎的節目，主持人汪涵有學識及急才，是成功的因素，他一向喜歡我的字，託了沈宏非向我要了，我們雖未謀面，但大家已經是老朋友，當他叫我上他的節目，欣然答應。

反正是清談式的，無所不談，不需要準備稿件，有甚麼說甚麼，當被問到：「如果世上有一樣食物，你覺得應該消失，那會是甚麼呢？」

「火鍋。」我不經大腦就回答！

這下子可好，一棍得罪天下人，喜歡吃火鍋的人都與我為敵，遭輿論圍攻。哈哈哈哈，真是好玩，火鍋會因為我一句話而消滅嗎？

而為甚麼當時我會衝口而出呢？大概是因為我前一些時間去了成都，一群老四川菜師傅向我說：「蔡先生，火鍋再這麼流行下去，我們這些文化遺產就快保留不下了。」

不但是火鍋，許多快餐如麥當勞、肯德基等等都會令年輕人只知那些東西，而不去欣賞老祖宗遺留給我們的真正美食，這是多麼可惜的一件事。

火鍋好不好吃？有沒有文化，不必我再多插嘴，袁枚先生老早代我批評。其實我本人對火鍋沒有甚麼意見，只是想説天下不止是火鍋一味，還有數不完的更多更好吃的東西，等待諸位一一去發掘。你自己只喜歡火鍋的話，也應該給個機會你的子女去嘗試，也應該為下一代種下一顆美食的種子。

多數的快餐我不敢領教，像漢堡包、炸雞翼之類，記得在倫敦街頭，餓得肚子快扁，也不走進一家，寧願再走九條街，看看有沒有賣中東烤肉的。但是，對於火鍋；天氣一冷，是會想食的，再三重複，我只是不贊成一味火鍋，天天吃的話，食物已變成了飼料。

「那你自己吃不吃火鍋？」小朋友問。

「吃呀。」我回答。

到北京，我一有機會就去吃涮羊肉，不但愛吃，而是喜歡整個儀式，一桶桶的配料隨你添加，芝麻醬、腐乳、韮菜花、辣椒油、醬油、酒、香油、糖等等等等，好像小孩子玩泥沙般地添加，最奇怪的是還有蝦油，等於是南方人用的魚露，他們怎麼會想到用這種調味品呢？

但是，如果北京的食肆只是涮羊肉，沒有了滷煮，沒有了麻豆腐，沒有炒肺片，沒有了爆肚，沒有了驢打滾，沒有了炸醬麵……那麼，北京是多麼地沉悶！

南方的火鍋叫打邊爐，每到新年是家裏必備的菜，不管天氣有多熱，那種過年的氣氛，甚至於到了令人流汗的南洋，少了火鍋，過不了年，你說我怎麼會討厭呢？我怎麼會讓它消滅呢？但是在南方天天打邊爐，一定熱得流鼻血。

去了日本，鋤燒 Sukiyaki 也是另一種類型的火鍋，他們不流行一樣樣食材放進去，而是一鍋煮出來，或者先放肉，像牛肉 Shabu Shabu，再加蔬菜豆腐進去煮，最後的湯中還放麵條或烏冬，我也吃呀，尤其是京都「大市」的水魚鍋，三百多年來屹立不倒，每客三千多港幣，餐餐吃，要吃窮人的。

最初抵達香港適逢冬天，即刻去打邊爐，魚呀、肉呀，全部扔進一個鍋中煮，早年吃不起高級食材，菜市場有甚麼吃甚麼，後來經濟起飛，才會加肥牛之類，到了八十年代的窮凶極惡時，最貴的食材方能走入食客的法眼，但是我們還有很多的法國餐、意大利餐、日本餐、韓國餐、泰國餐、越南餐，我們不會只吃火鍋，火鍋店來來去去，開了又關，關了又開。代表性的「方榮記」還在營業，也只有舊老闆金毛獅王的太太，先生走後，她還是每天到每家肉檔，去買那一隻只有一點點真正肥肉的牛，到現在還堅守。我不吃火鍋嗎？吃，方榮記的肥牛我吃。

到了真正的發源地四川去吃麻辣火鍋，發現年輕人只認識辣，不欣賞麻，其實麻才是四川古早味，現在都忘了，看年輕人吃火鍋，先把味精放進碗中，加點湯，然後把食物蘸着這碗味精水來吃，真是恐怖到極點，還説甚麼麻辣火鍋呢？首先是沒有了麻，現在連辣都無存，只剩味精水。

做得好的四川火鍋我還是喜歡，尤其是他們的毛肚，別的地方做不過他們，這就是文化了，從前有道毛肚開膛的，還加一大堆豬腦去煮一大鍋辣椒，和名字一樣刺激。

我真的不是反對火鍋，我是反對做得不好的，還能大行其道，只是在醬料上下工夫，吃到不是真味而是假味，這個味覺世界真大，大得像一個宇宙，別坐井觀天了。

二、香港篇

蔡瀾 PHO

全世界的劉伶喝到最後，一定喜歡單麥芽威士忌；天下食客則不約而同地愛上一碗越南牛肉河，這是公認的。

為甚麼？越南河的湯，要是煮得好的話，喝上一口就上癮！湯清澈但味道濃厚，又有不同的層次。第一口甚麼都不加，第二口撒些香草，像羅勒、薄荷葉和鵝蒂下去，浸它一浸，又有完全不同的味道。再加豆芽、魚露或檸檬汁，更變化無窮，真令人食之不厭，味道不能忘懷。

我年輕時背包旅行，就喜歡越南牛肉河的味道。一愛上，就不斷地追求、搜索，去了越南本土、法國、美國和任何有越南河專門店的都市，比較之下，到了最後，終於在澳洲墨爾本的「勇記」找到我認為是最完美的一碗。

一直想把「勇記」引進到香港，讓大家能嘗到我說的是甚麼，但機緣未到，中間談了無數次，也是不行。

開餐廳，在我的經驗，知道是一件非常黐身的事，每一個環節都要注意到，一旦開始，就脱不了身，這不符合我愛雲遊四方的本性，自己是開不了的。

經過了幾十年後，終於在我的旅行團中認識了一對年輕夫婦，叫王力加和李品熹，先是談得來，後覺理念一致，追求完美的細節也一樣的，他們很有開餐廳的知識，自己旗下已有兩百多家，到他們兩層樓幾百個員工的公司參觀一下，發現聘請的都是管理人才，組織力是不容置疑的。

一天，在日本旅行中，他們向我説有開越南牛肉河的意圖，我問為甚麼，原來他們研究之下，知道時下的飲食趨向，是健康路線，而最符合健康的，當然是越南河了。

從此我們到各國的越南牛肉河名餐廳走了一趟，大家同意還是「勇記」的最好。我和「勇記」有數十年的交情，得到他們的信任，再加上重金，把他們請了過來。先在深圳建立一個四千平方呎的實驗廚房，牛肉牛骨一鍋鍋近百公斤熬湯。我試一口，不行，全部倒掉，也不知倒了多少鍋，看得大家心痛時，做出來的試了，還是不行。為甚麼？原來為了節省，用同樣的比例，但熬出的小鍋湯來，當然不行了，也當然都倒掉了。

究竟不是甚麼高科技，我們的實驗到了最後是成功了。接下來是粉，一般專門店是用乾粉再泡出，這是我們絕對不能接受的。從製麵廠進的貨，也就都差那麼一點點。到最後決定設計一架製粉機，從磨米漿到蒸熟切條，都在客人面前做出來，你可以說沒有別家好吃，但不能說我們的粉不新鮮。

做好的機器，放在租金最貴的中環店裏，以佔的面積來算，一個月就要花三萬塊港幣，還不算可以騰出來擺兩張餐桌的收入。不過，當「勇記」老闆看到時，也說這一點比他們好。

店裏的各個細節都請專人來做，室內設計由著名的日本空間設計師Jo Nagasaka主理，到了晚上一打開外牆，就是廣大的大排檔式的經營，這一點不得不佩服他們。其他的一切以簡約取勝，不用花花綠綠的傳統越南式，制服、餐具，燈光，連播放甚麼音樂，完全是專業人士指導，一點也不苟且。王力加、李品熹和我，都說：「這樣才對得起自己，對得起自己，才能對得起客人。」

食物方面，除了越南河當主角之外，我們還有越南法棍、香茅烤豬頸肉、紅油酸辣湯檬或乾檬，我們的春卷，也與眾不同，另有黃金蝦扒、越式蒸粉卷、香芒魚米紙卷、金柚沙律和蝦醬炒通心菜等等，顆顆都是明星。

甜點把泰國的三色冰，改為多色冰，椰汁極香濃，當然有越南咖啡、話梅青檸梳打和各種飲料及酒水。雪糕方面，我們做不過「泰地道」的好吃，我從他們店裏引進了榴槤雪糕、椰汁雪糕和很有特色的泰國紅茶雪糕。自己做的，有拿手的青檸香芋冰，請各位一試。

鋪在桌面的餐紙，請蘇美璐畫了一張我淥越南粉的畫，這次穿了綠色衣服，以示環保，另一張是她畫的各種吃越南粉加的香料的畫和名稱，大家在等位時可以研究研究，才不覺悶。

至於打包，我們也請專家設計了一個紙盒，裏面有兩格大小碗上下疊，固定了食物不會流出來，我最不喜歡倒瀉得一塌糊塗的外賣。附近的食客可以直接倒湯在盒中，遠一點的，我們用一個 Stanley 保熱壺，是美軍指定製品，保熱壺中的勞斯萊斯，免費借各位用，當然要收訂金，用完了還給我們即退回，這點請原諒。

一定還有很多可以改善的地方，請大家給我們寶貴的意見，慢慢地改。這一間是旗艦店，一切的設計已有定案，下一家做起來就能照抄了。深圳的店，將在這個月底開業，其他的，慢慢來，完善了才開。

開業那天，熱鬧得很，各位友好都來捧場，在請柬上已說明為了環保懇辭花籃的，但來賓們還是照送，我只好照收，心中嘀咕，花兒即凋謝，折現多好！

地址：香港中環威靈頓街 15-25 號

電話：+852-2325-9117

鏞樓甘饌錄

說起廣東菜，很多人只知有本特級校對陳夢因寫的《食經》，內容豐富，有名的老粵菜都收錄其中，但很多食材都無法可買了。很實用的一本，可讀性極高，是甘健成兄寫的《鏞樓甘饌錄》。

今天忽然很懷念這位老友，又把書從架子上抽出來，重讀一遍。此書由經濟日報出版社出版，是集合了健成兄在該報的專欄而成。也不知道當年他老兄哪裏來的雅興，動起筆來，三言兩語，已經記錄了很多關於廣東菜的資料，很後悔他在世時，沒有好好鼓勵他多寫，不然依他的經歷，應該可以出多本洋洋可觀的飲食書籍。

翻開內頁，用鋼筆寫着：蔡瀾賢兄指正，健成二零零六年五月二十五日。書名也是他自己的題字，用毛筆寫的，可見他在書法上的功力。

書中當然提到我們合作的「二十四橋明月夜」，以及把《袁枚食單》復活的「雲霧肉」，這些我在〈燒鵝大王〉和紀念他的〈悼甘健成兄〉兩篇文章中都詳細寫過，在這裏也不贅述了。

健成兄非常之孝順，文中時常以「先嚴」二字提起他的父親，「鏞記」的創辦人及董事長甘穗輝先生，更對「董事長宴」多加着墨。

事情的經過是這樣的，參加我旅行團的人多數在中環有辦公室，也是鏞記的常客，一般餸菜他們都嘗了，要求健成兄和我弄些新奇一點的菜，結果舉辦了「射鵰宴」和「隨園食單復古宴」，吃完之後無一不讚好，大叫還要還要，健成兄抓抓頭腦，我從他做給他父親的「董事長腐乳」想起，向他建議，不如來席「董事長宴」吧，看看當年老先生吃些甚麼。

健成兄第二天即刻傳來菜單，有「石涌燒鵝乸仔」，新會白石石涌為他父親的故鄉，以此名之，製法將香菇、雲耳、江南正菜等釀入從未產蛋鵝姑腹內，掛爐炭火燒烤，皮香肉嫩骨軟，餡料只因吸收鵝之原汁精華，倍添惹味。

「廣皮大鴨湯」有陳皮、老薑、禾稈草。陳皮為廣東三寶之首，另選用老米鴨、香荽，加入原盅燉上，湯味甘香調和，並具下氣止咳，健胃消滯功效。

「家鄉炒金錢腱」選每頭牛只得後腿有的兩條小腱，此肉不須醃製，用刀橫切片，配合陳菇、蔥度，明火生炒，成品爽脆肉鮮，凸顯牛肉自然真味。

「花膠生扣鵝掌」採用巴基斯坦大花膠公，膠質軟糯且具口感，滋潤養顏。鵝掌則作生扣，毋須油炸，慢火與花膠扣至脸滑，皮爽不被膠質所封，最重火工。

「雲腿窩燒瓜皮」，瓜皮入饌，除柚皮外，還可將去肉之西瓜皮，去底去面，採二度皮，雲腿扣邊，成品晶瑩，若田黃章石，味清香口感軟滑。

「紅燒涼瓜鯧魚」，有云第一鯧，第二鮀，第三馬加郎。用大鷹鯧，肉鮮骨軟，配合涼瓜蒜頭豆豉同炆，味道甘鮮。

單尾有柴魚花生粥、豉油皇炒麵、魚露五花腩、董事長腐乳、懷舊白糖糕及馬仔等。

這幾道都是甘穗煇老先生喜歡吃的，驟看平凡簡單，但選料極為精緻，花功夫而成。

快過年了，想起年夜飯，每逢年三十全體員工只做到下午三點，之後準備，大家一齊吃飯，甘穗煇老先生立下店規不得在店裏聚賭，但年三十破例，讓大家高興。

吃的有九大簋，一、「一團和氣」：紅燒元蹄，二、「嘻哈大笑」：乾煎蝦碌，三、「發財好市」：髮菜蠔豉，四、「紅皮赤壯」：脆皮燒肉，五、「滿地金錢」：

蠔油北菇，六、「包羅萬有」：紅扒鮑片，七、「和氣生財」：生魚菜湯，八、「雄蹄顯貴」：蜆蚧肥雞，九、「年年有餘」：薑葱鯉魚。

據稱這頓飯已經取消，希望是謠言。員工們為整體骨幹，打好關係方為上策。至於員工們在大魚大肉時，甘穗煇先生吃些甚麼呢？健成兄說：「他老人家飲食每喜清淡，明火白粥、腐乳均屬至愛。腐乳由生前童年好友棠叔替他定期特造，採用優質黃豆，以石磨磨製，配以純正酒自然發酵。此傳統手法，成品黃亮細膩，鹹淡適宜，入口融化，齒頰留香。此董事長腐乳有一特徵，乃可用筷子夾着拉絲，為一般腐乳所無。」

至於招牌的燒鵝，健成兄曾經告訴我：「有時客人吃了嫌肉老，那是因為時節不適宜，你們潮州人用滷的方式，就可以克服，但廣東燒鵝只燒皮而火不及肉，一定要在清明節及重陽節前後兩個月內吃。這時的鵝，每頭約重四斤餘，果真是皮香、肉嫩、骨軟、肉汁濃。」

健成兄在鏞記創作的還有多種佳饌，不能一一列出，印象最深，也是我在店裏常叫的「禮雲子」、「清湯牛腩」等等還能吃得到，秋冬臘味的雷公鑿，用原件豬肝切成錐形，上闊下尖，在闊口處從上向下開孔，鑲上用玫瑰露醃製的肥豬肉，已難尋了。

至於「二十四橋明月夜」和「雲霧肉」，已成了名菜，只要早訂還有。

「董事長宴」當今也難重現，老的大師傅們也許會記得可以煮出來，但沒有健成兄的親自監督，也已成了絕響，各位只有從書中去懷念了，這是一本絕對值得一讀再讀的好書，希望《經濟日報》再版又再版。

陸羽茶室的晚宴

「陸羽茶室」是香港最聞名茶樓，也可以說在全世界也再找不到另外的一家了。

分成三樓，每層都佈置得高尚清雅，壁上掛滿了名家字畫；半通的花瓶，插着剛摘下的劍蘭。以中式裝修，帶點西方的影響。這種東方的 ART DECO 多少餐廳學模仿，但只有「陸羽」才是獨一無二，抄襲不來。

ART DECO 一向沒有中文譯名，這個運動發生在二三十年代，當時的人清閒，富有雅致，雖然有點頹廢，但都是懂得生活的一群，我們暫時只能叫做美好的年代。雖然已是過往，但這輩子的人，如果欣賞這份清雅，也可在這種舊建築和裝修找到失去的美夢。

茶和點心，是一流的。「陸羽」至今還是堅持用茶盅沏茶，普洱、鐵觀音、白牡丹等等高級的茶葉，加上侍者不斷地前來加添熱水，的確做到廣東話中所說的

「水滾茶靚」。點心方面，桌上擺着一本小冊子，印刷着各種鹹甜小品，客人拿起鉛筆，即點即蒸。小冊子每一個星期更換一次，隨着季節推出新的點心來。

連牙籤也套在特製的紙包裹，封套上印著地址和電話，等於是「陸羽」的名片，外國客人紛紛收藏。

茶室該有七八十年歷史了吧?來過「陸羽」的文人墨客不可勝數，也發生過不少故事。像有個晚上，來了幾個雅賊，把壁上的字畫偷走。但東主們所藏多的是，再換一批，翌日繼續營業。像某個茶客，每天坐固定的位置，冷靜的殺手走到他身後，用手臂往他的頸項一箍，令目標全身動彈不得，再在他的太陽穴開了一槍。這種手法，想像力再豐富的編劇和導演也沒有用過。

樓下深處，有個大廳，晚飯供應點心之外的佳饌，反而少人去提。就算吃過，最初不懂得欣賞，吃來吃去不過普通的那幾道，平平無奇。

「陸羽」的菜，難得之處，就是在於這平平無奇四個字，但永遠的樸實，地地道道、保持水準、真材實料、百年不變，成為經典。

我們一坐下來，先叫一碟炸雲腿下酒。這道菜，火腿本來是鴿脯的碟邊擺設，但就那麼吃火腿，比主角的鴿脯更佳。雲南火腿先用蜜糖浸過，點一點粉油炸後切成薄片，粉紅的肉配上黃色的邊，扮相漂亮，口感細膩，能吃出火腿的香味，不像北方人做的蜜汁火腿，一味是甜。

接着是湯了。南方人先上湯，是別讓人吃得太飽。北方人先吃菜後來湯，把食物脹起，不是辦法。杏汁燉白肺是「陸羽」的招牌菜。一提杏仁，食客就要問是南杏或北杏，比例如何？大師傅出來解釋：南杏十分之九，北杏十分之一，後者不可過多，過多了就苦。豬肺極難處理，洗過再洗，然後燉六個鐘，在第五個小時才把杏仁放進去，燉至食材全部溶化為止。那麼濃郁，但又是那麼清香的湯，也只有「陸羽」做得好。

紅燒翅或肘子翅一吃就飽，還是珊瑚粒炒翅好，用最貴的食材來炒最便宜的雞蛋，最後下紅蟹膏來點綴，翅炒得不是太乾又不太濕，火候的控制是別的餐廳罕見的。

網油腰肝卷鍋渣的做法最為普通，所謂的卷，目前都是以腐皮代替，但「陸羽」還是以最原始的豬網油來包豬腰和雞肝碎，再去油炸，吃起來香味撲鼻，絕非腐皮可比。碟邊的鍋渣，是用牛乳炮製。

欖仁炒豬肚丁採取的是豬肚中最夠味最爽脆的部份，廣東人所謂的肚尖。欖仁大粒，比松子更香，當今要找欖仁，已只在月餅中可見。

要吃貴價海鮮的話，可得預訂，店裏會替你找到方脷等活魚。每天都有的是斑腩了，「陸羽」用的都是大石斑，廣東人叫為龍躉的巨魚，取肚部和尾部，先油炸，再以苦瓜焗之，味道也不遜清蒸的。

遼參也不一定是北方人做得好，「陸羽」用的所謂百花，就是把鮮蝦打成膠去釀海參，兩種食材配合得極佳。

不怕膽固醇的話，古老的燒金錢雞最好吃了，可得預訂。金錢雞沒有雞肉，是用一片叉燒來夾一片肥肉。和雞搭上一點關係的是中間加了一小片雞肝，整串燒了來吃，不羨仙。

要豪華一點，可叫竹笙燕窩扒鴿蛋。「陸羽」的燕窩用料十足，絕不含糊。鴿子蛋怎麼煮，蛋白還是透明的，已經沒有多少廚子見過鴿子蛋了。

來鍋鷓鴣粥吧，也是「陸羽」的招牌菜之一，鷓鴣拆肉之後與骨一塊煲粥，煲得稀爛，非常精彩。

接着的飯麵類，京醬撈麵在中午也供應，醬中肉多，不像北方的炸醬醬多肉少，又演變成廣東味道，味道纖細得很。

炒飯也一向有水準，炒得很乾身，不一定在揚州才能吃到好的，「陸羽」有時還加了腸粒，更是惹味。

甜品的蛋黃蓮蓉大桃包不容錯過，和別的地方一比，就知道「陸羽」的不同，為老人家祝壽，更適合點來當壽桃吃。

別再追求甚麼Fusion菜，也不一定是鮑參肚翅，洗盡鉛華，返璞歸真時，才去享受這些古法佳餚吧！可惜懂得欣賞的人，年紀漸大，「陸羽」有鑑於此，在大廈旁邊新設電梯，招呼熟客升降三樓，用心良苦。

地址：香港中環士丹利街24—26號

電話：+852-2523-5464

我的上環散步

我的散步，當然不是甚麼公園，如果與吃無關，我是不會有興趣的。

雖然身居九龍，但我的散步範圍，還是集中於香港，尤其是上環這一區。為甚麼是上環？我總覺得港島那邊，還有許多老香港做生意的作風，和濃厚的人情味。第一次去，以為是商人的傲慢，伙計不瞅不睬，做得成做不成交易根本與他們無關。

這種感覺，很不好受。但一光顧得多，與他們打上交道，這時，老香港人情味就出來了，除了貨真價實，還會把店裏的貨全搬出來讓你品嘗，像把他們的頭擰下來也行。相熟的食肆，把顧客當是他們家庭成員的一分子，一湯一餸，都花上媽媽做給兒女們吃的心思。

散步由威靈頓街開始，一直走到孖沙街轉角畢街的「生記粥品」，他們新開的茶餐廳已甚有規模，但我還是鍾意走進巷子裏的老店，很小，只有幾張桌子。

店主阿芬已在裏面忙得團團亂轉，但你一下單，甚麼材料配甚麼，她記得清清楚楚，絕不出錯。早來的話還有鯇魚鰾，燙在粥裏煮熟，其他的有肉丸、魚腩、各類的豬內臟、牛肉等……數之不清的配搭。

很快就賣完的還有生魚片，就那麼吃也行，怕怕的話，混在粥裏淥個半生熟，甜得不得了。

生記的粥是經長時間用瑤柱白果和腐竹煲出來的，和別的地方一比，即見輸贏，也不必我多說，吃過一次即上癮，畢生難忘。

如果找不到位子，到阿芬經營的轉角茶餐廳去好了，那裏坐得較舒服，也多了一味牛腩可吃，粥照樣是旁邊那家小店煮出來的，味道一流。

地址：香港上環畢街 7-9 號地下

電話：+852-2541-1099

註：星期一至六（星期日、清明、重陽、中秋及農曆新年初一至初七休息），早上六點半已營業。

往前走，可到永吉街，擺在中間的小攤子「檸檬王」已有四十多年歷史，老店東走了，他兒子繼續營業。多年前擺貨的小車子曾被食環署沒收，求助於我，我寫公開信評論此事，得當年的署長卓先生以發還。與卓先生不打不相識，從此結交為好友，也是緣份。

「檸檬王」的冒牌貨眾多，認清永吉街這攤，吃過就會不停地購買。

地址：香港上環永吉街18號

電話：+852-3547-2331

永吉街路口的那家「麥奀」麵家，也是正宗的。

折回，走到西港城街市，後面的「成隆行」，每年到了季節，賣的大閘蟹很有信用。他們家還有玻璃罐裝的「禿黃油」和「蟹粉」賣，拿回家煮一個意粉，再舀幾匙混上，連意大利老饕吃了也得俯首稱臣。

地址：香港上環永樂街 120 號

電話：+852-2543-8735

從「成隆行」旁邊的小巷穿出，就能找到專賣皮蛋的「李煥記」了。老闆娘李煥還是每天守在店裏，臉無表情，但半世紀以來精選自家農場的鴨蛋，醃製為流出來的「溏心」。把皮蛋殼一剝開，表面有時還看到松花狀的結晶體，為老饕們特別欣賞的。

地址：香港永樂街 118 號
電話：+852-9529-7199

走遠一點，到「中國龍」去，這家專賣中國各省食材的店，很有人情味，現炒的栗子，現烤的番薯，還有各種罕有的食材，連枴杖也賣，用花椒木做，除了助行之外，握着有藥療功效。

地址：香港上環皇后大道中 283 號聯威商業中心地下 A 鋪
電話：+852-3158-0203

這時肚子應該開始餓了，走向從前的南北行。記得年輕時常來，這裏有家四海通銀行，行長劉作籌先生是收藏大家，把無數的字畫展示給我看，教我怎麼分辨真偽。言歸正傳，當年有條潮州巷，現在已不見，僅存的小販搬到「皇后街市」二樓的熟食檔。

這裏可以吃到絕無僅有的潮州豬雜湯，「陳春記」的老闆娘已經快九十了，還守在檔裏。這家人的豬雜及豬血豬腸，味道和從前一樣，有無限的回味。

「曾記粿品」除了韮菜粿和其他粿品之外，還有炒粿和蠔煎，好吃得不得了，要去就快去，這是一種快要消失的滋味。

地址：香港上環皇后街1號皇后街熟食市場8號檔

電話：+852-2540-6854

吃飽了走回文咸東街的「嶢陽茶莊」，那粉紅鐵罐的「萬年春」水仙，六七十年前已出口到南洋去，在店裏喝上一杯，其香是無話可說，還非常幫助消化。

地址：香港上環文咸東街70號地下

電話：+852-2544-0025

喝完茶，又覺得可以再吃一點東西，這時走回皇后大道，找到「陳意齋」，它的燕窩糕、薏米餅和杏仁露，都是老香港人最喜歡的。別忘記店裏現做現賣的「扎蹄」，用腐皮捲起來的，有素的和葷的兩種。買蝦子扎蹄好了，請店裏切成一片片，邊散步邊吃。

一樂也。

地址：香港上環皇后大道中 176B 號地下

電話：+852-2543-8414

尖沙嘴老鼠

想念韓國，約了友人去首爾幾天，吃吃喝喝，忽然聽到朋友的孩兒生病，行程要取消，只有作罷，但是家裏又在這段時間小裝修，只有住進旅館，而香港的話，我最喜歡的，還是帝苑酒店 The Royal Garden。

許久未入住，這家酒店新添了幾層，我的房間在十九樓，可以下望十七樓的游泳池，旁邊還有新添的 SPA，新樓層的樓頂很高，房間寬大，住得舒服。

放下行李就往外跑，韓國去不成，韓菜在香港做得很地道。散步到金巴利街，這裏一向被叫為小韓國，整條街都是韓菜館，最近該區要重建，許多店都搬到附近的金巴利道上（金巴利街和金巴利道是兩條不同的路），剩下的幾乎被「新世界食品公司」壟斷，超市、便利店、餐廳等等。

最出色的是「Banchan」韓國泡菜專門店，屹立了數十年，周潤發和我的照片掛在牆上，已褪色，韓國餐廳的菜都是一大盤一大碟，人少了叫菜很麻煩，就不如光顧泡菜專門店。

這裏任何一種泡菜都齊全，新鮮的醃白菜不酸，但夠辣，很受歡迎，這些都是在本地由韓國大媽手製，其他的直接由韓國空運而來。

這種要一點，那樣賣一些，塑膠盒子分大中小，任君選擇。有了泡菜之後，便可買他們的紫菜卷，和日本的不同，帶甜，很可口，配着泡菜吃最佳，還有各種醃好的肉類，可買回去自己燒烤。

很顯然這一類的買賣非常成功，同一條街上已開了三四家，餐廳反而減少了，最古老的一家「秘苑」也關門了，傳統燒烤店本來最不容易倒閉的，近年也紛紛被炸雞啤酒和其他方式的快餐代替，老饕們搖頭嘆息。

買了一大堆泡菜和兩大瓶馬格利土炮，回到房間大喝特喝。別小看這種酒精度數很低的東西，也可醉人。搖搖擺擺地去試酒店新開的 SPA，技師手藝高超，可惜是沒有好擦背，其實 SPA 每一家酒店都有，要出奇制勝的話，不妨開家韓式的，那群大媽用力擦，出來時少了幾十両老泥，香港甚麼韓國食物都有，但說到擦背按摩，就找不到。

據說要申請外勞來港很難，要保護港人利益我明白，但這是專門行業呀，不向外地請人不行，港人學了多一樣求生本領，又不是甚麼黃色勾當，正正經經為客服務，讓香港像從前的百花齊放，那有多好，也幫旅遊業多少忙呢！

又在尖沙嘴各大街小巷散步，這幾十年來變化真多，最大的莫過於內地遊客的劇增，生意最好的是藥房。也不知道遊客們聽到甚麼消息，有些藥店開的沒人，有些卻大排長龍，內地遊客好像對排隊不抗拒，明明知道逗留的時間不長，也會因為省一些小錢而花在排隊上。

繼續走走，到了厚福街又去仔細觀察，這條街以前只有一家叫「順德公」的餐廳，又便宜又好吃，以為會屹立不倒的，但也關閉。有家叫「正仁利」的潮州老店也做不住，但一雞死一雞鳴，新的店不斷出現，不過近來也看到有些招租的廣告，可見經濟是疲弱的。

初到香港，尖沙嘴是我最愛遊的一區，每一條街每一間店都熟悉，自稱為「尖沙嘴老鼠」，後來自己的旅遊公司也處於尖東，更愛尖沙嘴了，看見它失去活力，有點沮喪。

回到酒店，喜愛它的原因還有它的餐廳，全香港沒有一家酒店，擁有那麼多家好餐廳，一直不失色的是意大利「Sabatini」，這家由三個兄弟開的店，創業大花本錢在裝修上面，同行中人很多不以為然，但現在來看，開了三十多年還一點也不陳舊，證明當年的決定是對的。

從前的「稻菊」日本菜當今改名為「四季菊」，食物水準照樣保持着，市內雖然開了多家高級日本料理，價錢也越來越提高，只有「四季菊」的售價依然那麼合理。

內地客人一多，酒店增開了「東來順」，旁邊也有家廣東菜館，都能滿足客人的需求。

七十年代流行的玻璃天井，高樓層建築，子彈式的透明電梯，當今已經很少酒店保存，「帝苑」當年的用料好，到現在還像新的，從一樓往三樓，像進入另一世界，已是古老當新奇的設計了。

底層有家越南餐廳叫「Le Soleil」，一早一晚設有自助餐。

最新添加的是二樓的「J's Bar Bistro」，設計得新穎，又有各種美食支持，最近還請了發明白蘭花氈酒的靚仔調酒師來表演，吸引了不少女客人，成為城中熱點之一。

順帶一提，「帝苑」的糕點做得十分出色，像他們的「蝴蝶酥」，是全香港最好吃的，這麼說沒有宣傳成份，你去各家比較一下，就知道了。

回房寫稿，至黎明，肚子餓了，叫送餐服務，其他酒店吃來吃去只有三文治之類，這家有香煎鮮豬肉鍋貼、炸雞翼、港式咖喱魷魚及魚蛋、瑤柱蛋白海鮮炒飯、鮮蝦雲吞麵、五香牛腩湯麵、鮮茄滑牛肉通粉、鮮茄焗豬扒飯，來一頓豪華的獎勵自己，通通點了。

阿紅歡宴

大美人鍾楚紅約吃飯，半島的瑞士餐廳Chesa，或者鹿鳴春要我選。Chesa好久沒去，想起那塊煎得焦香的芝士，垂涎不止，但是如果說到吃得滿足，沒有一家餐廳好過鹿鳴春，從第一次來香港光顧到現在，已有五十多年了，記得是胡金銓問我的：「山東大包你有沒有吃過，鞋子那麼大！」

說完用雙手比畫，我才不信，試過之後，服了，服了，不只是大，是大了還整個吃得完，又想吃第二個那麼過癮。於是決定了鹿鳴春。

約了七點的，怎麼快到八點還不見人，知道出了問題，即刻打電話問，原來是去早了一天，我說：「是我自己的錯，年老步伐慢不下來，反而愈來愈迅速。每天過得高興，日子也忘懷之故。『快活』一詞，就是那麼得來的，哈哈哈哈。」

第二天，阿紅和她的妹妹到了，妹妹嫁到新加坡，一年回來看阿紅幾次。跟我的旅行團出遊時，她的一個女兒整天看書，我愛得不得了。

當今她已在波士頓大學畢了業，藝術科，但樣樣精通，求職時一面試，即刻被錄用，看照片，當今已亭亭玉立，任職波士頓博物館高層。

來的還有阿紅的閨密，留學外國的北京人，時髦得要命，喜收藏名畫和古董，但最愛的，是白米飯，給自己一個「飯桶」的稱號。她的丈夫為了她，在五常買了一大塊沒被污染的土地，種植沒基因轉變的大米，我吃過，不遜日本米。有剩餘的，也讓阿紅在我的網店賣，叫「阿紅大米」。

另一位是楊寶春，「溥儀」眼鏡的女老闆，已有孫兒多名，但人長得和明星一樣，身材苗條，外表端莊。

被這四位大美人包圍住，我樂不可支，她們有一個共同點，就是全部都是大食姑婆，見甚麼吃甚麼，我最愛遇到的品種。

菜由我點，我吃了那麼多年，當然知道精華所在：炸二鬆，是乾貝絲、雪裏蕻絲，加核桃、芝麻、冬筍，是殺酒的最高選擇。飯桶帶了日本足球健將中田英壽和十四代合作的清酒，一下子被我們乾了。

接着是爆管庭，那是把豬喉管切得像蜈蚣一樣，和大蒜及芫荽炒了，上桌時蘸魚露的山東名菜。再來是酒煮鴨肝，並不遜法國人的鵝肝，也一掃精光。

烤鴨上桌，飯桶是北京人，也覺得烤得比北京的好，尤其是那幾張麵皮，老老實實，原始的味道。阿紅只吃鴨皮，不吃鴨肉，留肚吃別的。

我也同情她，那麼愛吃，又要保持身材。她不拍電影了，我也不拍電影了；她主要的工作是替名牌店剪綵，我主要的工作是替餐廳剪綵，我向阿紅說：「等你減不了肥時，和我一塊去餐廳剪綵好了，餐廳喜歡胖人的。」

阿紅在丈夫薰陶下愛上藝術品，每次畫展都和我去看，眼界甚高，認識的新畫家比我多，又到各國剪綵時欣賞博物館的名畫，真偽給她一看即辨別出，如果不和我去餐廳剪綵，也可以當名畫鑑證。

除了這些，她熱心環保，今晚當然不會吃鹿鳴春的另外一道名菜雞煲翅了，但要了伴着翅的饅頭，那裏的做得精彩，鹹甜恰好，她連吞三個。飯桶的丈夫也是北京人，打包了拿回家讓丈夫享用，也說北京做的沒那麼好。

接着烤羊肉上桌，這是一道把羔羊炖過之後再燒的名菜，軟熟又香噴噴。可惜阿紅、她的妹妹和飯桶都不吃羊，讓楊寶春和我吃個精光。下次記得，把這道菜改為炸元蹄，將豬腳煮得入口即化，再炸香，所有人一定不能抗拒！

以為再吃不下時，上了燒餅，這個燒餅烤得香噴噴，切半，像一個眼鏡袋，再把乾燒牛肉絲和胡蘿蔔絲塞進去，塞得愈滿愈過癮。阿紅連吞三個，問店員有沒有榨菜肉絲，另上一碟，又塞多幾個燒餅。

不行了，不行了，大家都飽得食物快由耳朵流出來時，利用剩餘食物，把烤鴨的殼斬件滾湯，下豆腐粉絲和白菜，滾得湯呈乳白色，喝時把剩下的鴨腿骨邊肉也啃了才肯罷手。

這時最精彩的山東大包上桌，事前已問各人要幾個？有的說一個，有的說一個分三人吃，結果發現那麼大的包子，原來裏面的是雜肉碎和粉絲白菜等蓬蓬鬆鬆的東西，不會填肚，包子皮又薄又甜，鞋子那麼大的一個山東大包，我們一人一個，吃個精光，結果打包的只剩下一人一個。飯桶事後説翌日翻熱了吃，更是精彩。

不能再吃了，減肥要前功盡廢了，甜品跟着上，有高力豆沙，皮是蛋白加麵粉做的，發酵得又鬆又軟，像吃空氣，豆沙又甜美，當然又吃精光。

第二道甜品是蓮子拔絲，香蕉拔絲吃得多，蓮子拔絲更是神奇，當然不放過，焦糖黐底的部份更是美妙，完全不剩。

埋單，不到飯桶帶來的酒價的五分之一。大家互相擁抱道別，約定下次去

Chesa再大幹一番。

地址：香港尖沙嘴麼地道42號1樓

電話：+852-2366-4012

國王已死，國王萬歲

香港的西餐廳，最高級的除了半島的 Gaddi's 之外，就是跑馬地的 Amigo's 和凱悅的 Hugo's 了。

都能稱皇。Amigo's 掛滿名畫，較為嬌柔。Hugo's 壁上是刀是劍，非常剛陽。屹立頂峰三十五年，也有王者氣派。

凱悅在一九七〇年由新加坡的鍾氏兄弟設立，那是經濟起飛的年代，一切不惜工本。你知道嗎？Hugo's 的甜品車是銀製的，一層層的水晶盛盆可以旋轉，展示在客人眼前，那是請法國名廠 Christofle 設計和訂製，當年已是可以買一個公寓的八萬塊天價，當今這個古董可以拿去拍賣了。

香港大部份的中產階級，都在一生人之中到過一次 Hugo's 吧？談生意的時候、拍拖年代、結婚慶典等等，最普遍的，是女兒的十八歲生日，侍者捧出蛋糕，由菲律賓的四人伴奏唱生日歌，你是哪一年去過的？

在還沒有家政助理的年代，餐廳已請了樂隊的外勞，只在茶餐廳或中式酒樓吃飯的人士，第一次有人專程為你唱歌，印象多深！

「請問您要聽些甚麼？」領隊用英文問你。

記得的電影主題曲，或者接觸過的流行歌，說得出口的點一兩首。隨便請他們自己唱的話，多數會來西班牙膾炙人口的 Besame Mucho 一類的歌，要是你只欣賞中文歌，他們用不太純正的粵語唱上海灘，見到台灣客唱梅花，有了日本客人一定是 Sakura、Sakura。

靠低微的薪金加上客人的打賞為生，除了你認為特別煩不想被打擾，多數會給點小費，請他們唱非公式的菲律賓民主運動歌謠 Anak。這麼一來，互相尊敬。

由飲品開始，這家人最大特色是一個綠顏色的玻璃杯，像花瓶那麼大，用來裝礦泉水。那麼多年來，爛的爛，讓給客人的也不少，恬妮和岳華戀愛時常去，也硬要了一個回來當紀念。當今的，已是普通的杯子，雖然也是水晶，但少掉了綠杯子的高貴氣質。

接下來點酒，Hugo's 的酒庫，藏着無數的名牌，照購入時的價錢加上利潤，升值了也不算在客人頭上，但為了餐廳要結束，已不入新貨，儲存的一瓶瓶賣掉就是。一九四五年的拉菲，在兩年前出售，兩萬港幣，算便宜了。

一家餐廳總有幾樣名菜，這裏的主角之一是烤牛肉，一大團，總有十多公斤吧，烤得外焦內軟，鮮紅的肉，流出汁來，是客人百吃不厭的一道菜。

對我這個嘴刁的客人，侍者一看到我，就問：「來一點垃圾？」

這是我的第一道菜，烤肉外層，最油的肥膏，通常是切了丟掉的，店裏的人會拿出來重新加熱，一片片的牛油渣放在碟上給我送酒，是天下絕品！女士們一見怕怕，試了一小塊，就整個碟子霸住，不肯放手。

在這最後的幾晚，牛油渣還是照樣做給我吃，但是我常點的薯仔湯，已不見了。

薯仔湯？你這個最討厭薯仔的人，怎會叫薯仔湯？

請聽我道來，這個湯是將一個拳頭般大的薯仔挖空，再攪爛了菠菜，熬着雞湯，重新裝進薯仔當中，再焗出來的。份量恰好，不會像其他湯一樣一喝就飽，是我最喜愛的。快要關門的 Hugo's 像身體虛弱，沒功夫做出這種精緻的料理來。

生牛肉的 Steak Tartare 還是生存，服務了三十多年的老手林澤明快被解散，但最後這幾天堅守在病床邊，親自為我們炮製。

吃完了生牛肉後，還一定要試林澤明拌的生羊肉。甚麼？羊肉也能生吃？是的，還來得個美味，只有由他經手的才不太羶，別人一做，味道就古怪了，大家試過生牛肉後再吃生羊肉，一比較，都說生羊肉更鮮甜。

主菜較多人叫那塊烤牛肉，或者可以叫澳洲養的和牛，更柔軟。不吃肉的叫海鮮，烤大膏蝦和龍蝦等也受歡迎，但是我一慣要開的是多寶魚的裙。這家餐廳一向有最新鮮的多寶，魔鬼魚般大，肉不好吃，只有翅邊那塊連骨連啫喱質的細肉最佳。

用豉油來蒸，配上白飯，西餐中吃，Hugo's有容量服侍任何嘴尖的客人，你有要求，他們就做得到。如果當餐廳是人的話，Hugo's絕對是英明的君主。但是臨終的Hugo's，已不進多寶魚，只有普通的比目魚代替，一面吃一面搖頭嘆氣。

曾經跑進餐廳的內臟——廚房，看到的甜品是數之不盡的，每天一格格一層層做好了，隨時拿出來服侍客人，薑汁蛋糕非常精彩，奉送的朱古力包着雪糕的Bon Bon圓球，放在乾冰盤內發着白煙上桌，也是這裏首創的。

林澤明也負責煮咖啡，這裏的魔鬼咖啡是把一整個的橙不斷地削出皮來，中間一點一點，是釀進了丁香和肉桂，從上面淋下白蘭地，着火，然後煮咖啡豆，雖說是一場表演，但是一場消失中的表演。

Hugo's在二〇〇五年十二月三十一日正式宣佈結業。同名的新舖在二〇〇七年在尖沙嘴河內道重開，舊店的一點一滴，包括牆上的裝飾品和地下的柚木地板都要搬過去。英文中有一句：「國王已死，國王萬歲。」這個新君主是否有老國王的能耐，就要看他的造化了。

地址：香港尖沙嘴河內道18號K11 Art Mall

電話：+852-3721-7733

永遠的太平館

有些老店，像久違的好友，明知「健在」，但甚少造訪，緣份一到，忽然又找上門，「太平館」就是一個例子。

好久沒去了，今天應報社的邀請，要到那裏去拍一輯照片，驟然光顧。「太平館」一共有四家，到最古老的佐敦茂林街那家，也有四十五年。

店主徐錫安已是第五代傳人，笑嘻嘻親自歡迎我。他的曾曾祖父徐老高在清朝咸豐十年（一八六〇年）開創於廣東的太平沙那一區，故以「太平」為名，曾經在沙面洋行當廚師的徐老高，善於煮西餐，但在開店時顧及中國人口味，燒的菜中西合璧，用醬油代替鹽，豉油西餐之名因此而來。

一提到「太平館」，大家就想起燒乳鴿。用種種不同的醬油調味煮出來，上桌時，另有一個銀兜，裏面裝着醬汁，讓客人淋在乳鴿上面，而最有特色的，是將乳鴿的全副內臟也煮好浸在醬汁之中，有些人認為這副內臟比乳鴿還好吃呢。

相信在香港長大的人都試過「太平館」的燒乳鴿。老友黃霑的父親帶過他在廣州吃了，來了香港，黃霑成為忠實擁護者，當今他的兒子也自己去「太平館」了。像這類的熟客居多，有的移民到外國，回香港時也必來朝聖。今天去，遇見逝世多年的梁醒波的兩位女兒，也都垂垂老矣。其他來店的名人無數，從廣州那間開始，來的是周恩來、蔣介石和魯迅，到香港的各界名士，只要你向經理 Frankie Au 索取，就能在紀念冊上看到很多你的仰慕者。

「太平館」的名菜，除了燒乳鴿之外有九樣：瑞士雞翼、焗葡國雞、乾炒牛河、瑞士汁炒牛河、煙魚、焗蟹蓋、燒豬髀、焗鹹牛脷和焗梳乎厘。

甚麼叫瑞士汁？也是一場美麗的誤會。當年洋人光顧，吃到店裏的醬油，大叫：「Sweet。」

不懂得英語的侍應，向洋幫辦請教，洋幫辦以為說的是瑞士。好呀！那時候有個外國尊名是件光彩事，就把帶甜的醬油叫為瑞士汁了。

瑞士雞翼，不過是紅燒雞翼，但因店裏用的全是新鮮雞，絕對不採用冰凍的，也滷得美味。根據這個原則，煙鯧魚也非用新鮮的大鷹鯧不可。大鷹鯧已難尋了，到了休漁期，價更高。廚子跑來向老闆說：「賣一份，蝕一份！」

徐錫安也屬老派人，聽從爺爺們的教導，養成一副傲骨，沒有折衷。上輩子的教他新鮮的食材才好用，他堅持至今，有些食物虧本就虧本，每天在四家店盯場。所以「太平館」百多年如一日，你走開了幾十年，回來吃，味道還是一樣的。想起乾炒牛河，即刻要一碟來試。味道遜色了一點，問說：「已經不用豬油了？」

徐老弟有點不好意思：「是不用了。」

「不用豬油，還能炒得那麼好，也真難為了你們。」我安慰道。的確，在香港，除了何洪記之外，要找到一碟比他們更好的乾炒牛河，幾乎是不可能的事。你不信的話，比較一下就知道。

「但是燒乳鴿的醬油還是堅持用豬皮熬的。」徐錫安驕傲地說：「不用豬皮熬，是不行的。」

這又要連帶說明另一道名菜燒豬髀，那是把豬腿烤過，再去煮的，烤後將皮剝下，留下肥肉，再切片上桌。那些豬皮，就是熬醬油的原料。

焓鹹牛脷最難做了，每天到菜市場找新鮮牛舌頭，煮熟了再剝去舌頭的那層皮，一定要趁熱才能剝開，但太熱了又會燙傷師傅的手，所以在旁邊擺了一桶冰水，浸一浸，才能繼續工作。

準備好的牛舌頭一煲，就是四個鐘，間中要不斷翻攪和加水，才不會黐底或煲乾。做出來的牛舌，除了鹽，甚麼調味品都不加，切片上桌，其味美妙無比。

至於葡國雞，也有個洋名字而已，不依葡國做法，自己創作，與澳門的不同。用的是黃薑粉，新鮮搾出的椰漿，不放咖喱粉。

談到焗蟹蓋，徐錫安說：「也沒甚麼竅門，活蟹蒸好拆肉來釀而已，一切依足古法去做。」

梳乎厘是Soufflé的中譯，這個甜品，塊頭真是嚇人的巨型，有籃球般大。

打開餐牌，花樣可真多，單單是湯已有二十種。牛尾湯最精彩，用新鮮牛尾，去皮，燉五六個鐘。別家的早已放棄，用冰凍的了，徐錫安還是每天去菜市場的肉枱中尋找。其他的湯，也都是即叫即做，不是常客，會抱怨為甚麼要等那麼久。

伙計們也都七老八十了，他們不願離開，覺得有歸屬感。下午有休息時間，可以回到老闆供應的宿舍沖個涼，換件衣服才上班。

「其實，我們的毛利，沒有茶餐廳那麼高。」徐錫安苦笑：「好在四間店，都是祖先留下來的產業。每天都有經紀打電話來問我肯不肯出售，他們說：你賣瑞士雞翼，賣到你死了，也賺不到那個錢。」

今年已經四十多歲了，徐錫安還忙得沒有時間結婚，我擔心他沒有下一代傳人，趕緊要替他作媒。真喜歡這個人，也愛他講的一句話：「但求保持，不求創新。」

好一個但求保持！

地址：香港佐敦茂林街19—21號

電話：+852-2384-3385

九龍城小曼谷

從九龍城衙前圍道六十四至五十二號這段路左轉，進入城南道二十至八十號，就是泰國商店密集的地方。當今，已有人開始叫它為小曼谷了。

到了星期六和星期天早上九點半，更有一群群的泰國女人在路邊鋪了草蓆，雙手合十，膝前擺了奉佛的花籃，誠心地等待和尚的來臨。

僧人來自新界的泰和寺，幾位一群，前來化緣。女人把吃的、喝的、用的，放在一個塑膠桶中奉獻，和尚的助手們一個個收了，放入紅藍白的巨型袋中帶回廟裏，與信眾分享，和在曼谷的街頭看到的景象一模一樣。

香港人旅行，最愛泰國，無論食物、飲料和購物，都是無限的引誘。加上地道的泰國按摩，價錢又便宜到極點，我們對泰國已有深厚的感情。

不是每一天都能到當地玩，來到城南道的小曼谷，就可以勾起你無限的回憶：這一區已是我最愛去散步的地方之一。

一切都要拜賜於當年舊啟德機場未搬走時，可以很方便地把新鮮食材搬運來到，泰國餐廳一間間地開完又開，食客知道要吃最地道的泰國菜，還得來九龍城。剛開始時有「昌泰雜貨」，現在在小曼谷一數，不止十多二十家那麼多，偏門的貨物也都出現了。

轉入城南道，就可以看到賣泰國衣服的「泰屋」，帽子鞋子手袋也齊全，還有數之不盡的首飾，如果要把自己扮成一個泰國女人，去這家店好了。

隔壁的「維健」是健康食品的專門店，最受女士們歡迎。甚麼美容品、減肥茶，都自稱特效，只要你迷信它們的作用，就能大買特買。其他貨物還有各式各樣的按摩工具，就連特製的藥包，大大小小俱全，把它拿到微波爐一叮，就可以用來熱敷肩膊和腰部，據説很靈。

再過去，是「利德泰國雜貨」，除了吃的，爽身粉也賣。隔壁的「同心」，是對面公園旁同名餐廳開的雜貨店，擺着各種水果和泰國漬物，也賣一包包現成的咖喱或甜品，泰國女人在這裏買了供奉和尚。

水晶芒是特別香甜的芒果，比菲律賓的味濃，入口又甜又軟熟，有股特別的香味，吃了之後會上癮。

在這裏還可找到一種馬來西亞人叫為 Buat Lonlon 的土芒果，肉是香脆的，非常之酸，裏面有硬筋，用刀子挖出肉來，蘸醬油、白糖和辣椒吃，味道一流。

隔鄰是「昌發泰國粉麵」，這家人的食物很地道，也賣我愛吃的乾撈麵 Ba-Mi Heang，還有白灼蝲蛄，愛此道者不可錯過。本來也賣雜貨的，但餐廳生意一好，地方不夠用，當今兩家都改成小吃店了。

走前兩步，是「酸油甘子 Sour Goose Berry Shop」，食材最為齊全，我愛他們賣的烚熟花生，肥肥大大，極香，不是炒花生能享受到的味覺。分着一包包來賣，每包十塊，買回家後一面看電視一面剝來吃，是一種享受。烚花生每星期運來三四次，天氣涼了放幾天不要緊，天熱時最好問明是不是當天送到，較為安全。

這家店也賣一種皺皮的青檸檬，不是用來榨汁，而是洗頭。在泰國拍戲時常在河邊看到少女們洗澡，手上一人一顆，往頭皮大力擦去，防止痕癢。

本來我喜歡買一瓶「湄公 Mekong」牌的泰國威士忌，加上椰青水來當雞尾酒。其他酒是愈老愈醇，這種威士忌要喝新鮮的，所以我把雞尾酒命名為「湄公河少女」，但這家廠已倒閉，用蘇格蘭威士忌完全不是味道，只有買其他泰國牌子代替。

店裏當然賣椰青，但威士忌牌子一換，需要更甜的椰子水來調拌，可買「椰皇」，那是把外層的椰絲清理後，剩下小椰殼，再拿去烘焙的。椰子水糖化後，變成極甜的飲品，可惜椰殼還是很難敲開，聰明的泰國商人已在殼頂割開一圈，再釘上像啤酒罐上的易拉釦，一下子打開。

在其他雜貨店中，有細粒的蒜頭出售，別小看它，其辛辣度是蒜頭中最強的。我做菜最愛用它。

稀有的食材還有香蕉花、咖喱葉、食用含羞草、酸筍和各種炸豬皮，另有春青木瓜絲用的木頭臼子，和長木棍，用來做「宋丹」。

當胃口不佳時，自己動手做蔡家沙律。把花生去皮炸香，舂成碎，加泰國小蒜頭和蝦米等，最後放炸豬皮和削薄的青瓜片，和椰糖拌一拌，上桌前擠青檸汁和魚露調味，是一道極上乘的前菜。

另有一包包用塑膠網包住的羅望子，樣子像巨大的豆莢，褐色。印象中羅望子很酸，其實極甜，把硬皮剝開一顆顆吃，很特別。

橫過街，有家叫「Sweet Lemon」，專賣佛具。你猜對了，我常揹的黃色和尚袋，也可以在這裏買到。

街尾的「麗思美食」生意給街頭那幾家大餐廳搶去，但做的菜水準很高，味道正宗。

整個小曼谷，最缺乏的是街邊小吃了，從前「利德雜貨」的老闆娘還租了家小店叫「中華小食」，只賣河粉和米粉，好吃得不得了。可惜結果因貴租而收檔，我叫她在雜貨店中開一檔，她說牌照不允許，已成絕響。

有空，到小曼谷走一走吧，是件愉快的事。一樂也。

新漢記和禮賓傅

在香港值得一去的餐廳愈來愈少，大集團經營的吃來吃去不過那幾樣，看菜單已經不想吃了。有個性的，價錢實在的，都頂不過貴租，一間間關閉，寫食評也已意興闌珊。雖然這麼說，偶爾也有一兩家特別的，不妨推薦給各位讀者。

「新漢記」

一直聽說有這麼一家，老闆很喜歡去菜市場，見有甚麼新鮮的就買甚麼來做給客人吃，可惜店開在新界粉嶺，幾次想去都作罷。今天，就像廣東人所說的「的起心肝」，專程走一趟。

原來地方也不算難找，星期天不堵車的話，從市中心三四十分鐘就能抵達。門口看來像一間茶餐廳，走了進去，地方頗寬大，還有二樓。

吃些甚麼呢？抬頭一看，餐牌都寫在牆壁上，就不知點甚麼好，有位女士笑盈盈前來，就請她推薦。

「來個客家鹹菜紅炆鮮豬肉吧。」她那麼一說，腦中已有一鉢油光光的豬腩，口水直流，大叫好也。

上桌一看，和想像的一樣，試了一口，更是鹹得符合我喜歡的程度，這種老菜鹹就應該鹹，甜就應該甜，不會將就客人口味而改淡，才是我最愛吃的。這種菜也很送飯，馬上就想要，但知道要叫的菜多，忍了下來。

鹹得不夠癮的話，再來一客「蝦醬蒸新鮮豬肉青」，新界蝦醬做得一流，外籍人士也許一聞就跑，我們是愛吃了，也奇怪，吃進不覺太鹹，也不腥，恰好。

來碗湯，店裏做得出名的是「杏汁白肺湯」，咦，怎麼看起來比陸羽茶室還要濃？喝了一口，的確是真材實料，杏仁在煲的時候已加了，做完之後更另外加現磨的，才有這種效果。

「來碟炸潮式豆腐吧。」店員建議，怎麼客家人做潮州人東西？也好，試試看，炸得的確香，又很特別，與廣東豆腐不同，比較「創發」的硬一點罷了，沒介紹錯。

見菜牌有道「豬油渣生炒涼瓜茄子」的，有「豬油渣」這三個字不叫怎行？吃了有點失望，沒有預料中那麼爽脆，茄子切片來炒，也不如炆的好吃。

老闆從菜市場趕回來，說買了新鮮吊桶魷魚，當然要了，是用葱紅來爆的，的確又軟熟又甜美，可惜這個季節沒有春，不然一定會更好吃。

問老闆，他推薦了「香煎一夜情馬友」，聽菜名就知道是用馬友魚鹽漬了過夜再煎出來的，果然又香又夠鹹，這時不叫飯不行了，店裏有「豬油缽仔飯」，用個陶缽盛着薄薄一層的白米飯，淋上豬油，啊，再飽也要多一缽才夠喉。

已經再也吃不下，但轉頭見鄰桌叫了一碟「鮑汁新鮮鵝掌扣蝦籽麵」，忍不住叫了。甚麼鮑汁都是多餘，加上鮑魚這兩個字就名貴嗎？真正吃的是麵條，做得不錯。甜品由店裏奉送，是「黑蔗糖蜂巢糕」，值得走那麼遠去吃這一餐。

地址：香港新界粉嶺聯和墟和豐街28號囍逸商場地下G01號舖

電話：+852-2683-0000

「禮賓傅」

師傅在禮賓府做了多年，所以店取了這麼一個名字，安蘭街十八號是一幢新大廈，裏面有多間餐廳，店開在五樓全層，裝修很下本錢，帶着一點點殖民地色彩；門口放了一個桶，插着多支紳士用的文明棍，也不怕客人喝醉了順手牽羊。

老實說，禮賓府我沒去過，主人會不會吃也是個問題，做的甚麼菜呢？是否中西混合的 Fusion？

好友請客，坐了下來，一看已經寫好的菜單，才知道是順德菜，這下子比較安心了。

第一道菜「白鱔雞燉鹹菜湯」已經能鎮住客人的胃口，見那麼一大堆的湯渣中，有不折不扣的一條大白鱔、一大隻雞和大量的鹹菜，這麼多的料熬出來喝，加上心思，不可能不好喝，而且白鱔和雞的配合是完美的，加上鹹菜來吊味，非常之精彩。

前菜的「紹酒蒸蟹鉗」沒偷工減料，一客一隻，很大。「桂林百花卷」用鮮蝦打成漿來炸，「龍穿鳳翼」和小孩子愛吃的雞翼不同，份量不大，剛剛好。

接着的「鮮蟹肉大良炒鮮奶」就見師傅的功力了，這道地道的順德菜最難做，新手會弄得一塌糊塗。在順德吃時，有些餐廳連欖仁也不下了，這裏吃的是真正的順德味道。行政總廚鍾建良走出來打招呼，見他本人老老實實，態度謙虛得很，更是信任，凡是自大的，一看就知道功夫好不到哪裏去。

如果要環保，「桂花炒魚翅」可以叫素翅，做法一樣，我嫌炒得不夠乾，可能還只是試業階段，沒有做熟，再下去就會好的，中環食客的消息也靈通，已經天天客滿。

另有「順德野雞卷」很正宗，「師傅扣元蹄」大得吃不完，「龍王老少平安」是家常菜，還有「啫啫芥蘭煲」、「陳皮鴨腿麵」。「五味炸子雞」也做得好，所謂五味，是用洛神花醬、藍莓醬、南乳醬、綠茶淮鹽和鮮檸汁給客人蘸來吃，最後以「湯圓合桃露」來結尾。

雖然是人家請客，我一向不客氣地追問價錢，相比了一下，較附近的都爹利或上海灘等高級餐廳便宜。

（編註：「禮賓傅」已於二〇一八年八月二十四日結業。）

香港的韓國料理

太喜歡吃韓國菜了，一個星期總得光顧一兩次韓國餐廳。最正宗的，當然得去韓國吃，但新疫症期間不能到訪，而在外國的也有很多地方做得好，像洛杉磯的韓國城，東京的御徒町，都能吃到。不過菜式花樣之多，還得數香港。食肆不只分佈在各角落，還有一條小韓國街，想吃甚麼都有。

六十年代在香港營業的梨花園，開在東英大廈地牢，走最高級路線，有菜有酒還有伎生載歌載舞，是全香港消費最高的酒家，記得李翰祥胡金銓一眾導演跑去作樂，埋單時才知帶不夠錢，急着打電話向鄒文懷求救。

梨花園最後走大眾化，菜一樣高級，至今還維持一定的水準，單單看他們的泡菜顏色，就知與別不同，奉送的小菜之多，也是驚人。現在有多間分店，但最好的還是在：香港上環文咸東街22—26號柏廷坊2樓

電話：+852-2544-0007

韓國菜館在香港遍地開花，尤其是近年來韓燒大行其道，開得更多。韓國餐廳一般都是韓國人親自經營，大廚也一定是韓國人，當今流行起來，幾個香港的飲食集團也去開了，廚房裏請了些對韓國菜一知半解的山東或尼泊爾廚子，亂來一通，反正客人都年輕，年輕人只懂得燒烤或炸雞，要求不高。

我們光顧韓國菜館，從來不叫烤肉，烤肉沒有甚麼文化，要吃高級的不如去日本餐廳。劣質牛肉醃製了，甚麼味道也沒有，但是如果用從前的銅製龜背鍋弄出來的，還是可口。那是把一盤醃好的薄肉，向龜背鍋一倒就是，從不一片片地烤。肉燒過之後，甜汁流入鍋邊的坑中，用扁平的韓國湯匙一勺，淋在白飯上，還是美味的，可惜這種吃法在韓國本身已難找，別說香港了。

出色的韓國餐廳還是有的，但不是每一道菜都做得好，我們去吃，要選某一家的某一兩道菜，值得推薦的如下：

「伽倻」可以說是目前最高級的了，開在香港銅鑼灣登龍街1—29號金朝陽中心2期Midtown 9樓，電話：+852-2838-9550。和幾任的韓國領事吃飯，他們都首選這一家。叫生牛肉Yukhoe的話，一定要選最好的，除了這間，不作他選。韓國生牛肉和西洋的韃靼牛肉不同，是切絲上桌，配有雪梨絲和青瓜絲，灑芝麻，淋上蜜糖之後在上面打一隻生蛋，撈拌來吃，鮮甜無比，這家人的蠑螺沙律做得也一流。

「阿里朗」開在灣仔軒尼詩道314-324號的W Square 3樓，電話：+852-2506-3298。上一代人專做燒烤，到了第二代的女老闆張思明手上，走高級路線，她對食材的選擇是嚴謹的，根據季節，從首爾進口各種最新鮮的蔬菜，做的「春菜拌飯」，的確能吃出春天的味道。她們家的辣醬撈麵一拿出來就一大盤，調味是正宗的。最突出的是紅燒牛肉Garubi-Chim，中間加了墨魚，像寧波人的大烤，肉和海鮮是絕配，許多大廚都忘記了這點。

沒有特別裝修，開在尖沙嘴柯士甸路18號A僑豐大廈地下的「梨泰園」，電話：+852-2375-0303，也是我特別喜歡去的館子，近來香港人才發現韓國醬螃蟹好吃，我早就每逢去首爾必定光顧，這家人從最好的延坪島每天新鮮進口，絕對乾淨，吃生的也不要緊，一大碟蟹有兩隻，吃時要學韓國人叫一碗白飯，把飯塞進蟹殼中，用湯匙拌了膏，就那麼塞進口，韓國人看了知道你會欣賞，發出微笑。

要吃流行的部隊火鍋這裏也有得賣，加罐頭午餐肉、韓國即食麵和香腸，一大鍋，吃得甚過癮，但這些都是年輕人塞飽肚子的東西，非常粗糙，叫來試試可也，只需淺嘗，不必整鍋吃下去。

必須一提的是這裏的拌菜，一出就是十碟，絕不手軟，有時還會燒一鍋雞蛋奉送，吃韓國菜拌菜免費是特點，一收錢的話一定不是韓國傳統，不吃也罷。

年輕人到韓國旅行，最喜歡吃的是街邊那些年糕檔，用辣椒醬煮得紅紅地一大鍋，會吃出癮來，另外有像日本Oden，台灣人叫為「黑輪」的魚片魚餅等等，食這些街邊小吃的話，到尖沙嘴的金巴利新街小韓國那條路上，就能找到。還有賣韓國雜貨的，我愛吃他們的醬芝蔴葉，有股古怪的味道，但像吃四川折耳根一樣，愛上了就吃個不停，當今也有裝進罐頭裏面的，有辣有不辣。

另外一家專賣泡菜，甚麼都有，買他幾種，再來一條飯卷或一條豬血腸，帶回家，一面下酒一面吃，是不必上館子也可以享受的一餐。

九龍城甚麼菜館都有，就是少了韓國料理，開過一兩家賣石頭飯的，都不正宗。當今有好消息，在福佬村道口開了一家「金園」，大廚的韓國太太在金巴利新街的「莊園」做過很多年，當今被聘請來這裏做，韓國老闆娘和女兒勤力經營，姓秦。這裏做得最出色，也賣得便宜的是泥鰍湯，魚已和泡菜一塊滾個稀爛，看不到魚，但喝一口湯，啊，那是罕有的老味道，現在在首爾也難做得那麼地道，單憑這口湯，就值得前往。另外值得一提的，是他們的醬蝦。醬螃蟹在其他韓國店可以找到，醬蝦倒是在香港第一次試，鮮甜得不得了，九龍城的泰國活蝦刺身賣得滿堂紅，各位可試試他們家的韓式活蝦，味道有過之而無不及，大力推薦。

地址：香港九龍城福佬村道44號地下C號舖

電話：+852-2382-0007

裕華國貨

葉一南一連兩期在《飲食男女》寫裕華國貨公司，勾起了我不少回憶。哪一個老香港沒去過呢？大家都有買過他們的東西，各人皆對裕華國貨抱着一份溫暖的感情。

五十多年前當我第一次踏足香港時，家父的友人張萊萊和李香君就帶我去了，選購的是一件藍色的棉襖，當年，幾乎所有男人，都擁有一件，裏面還穿着白襯衫，有時還打領帶呢。

定居後不斷地光顧，買得最多的是嶗山礦泉水，當年的粵語廣告詞句是有淡的，也有鹹的，把那鹹字讀成「漢」，記憶猶新。

為甚麼會愛上嶗山礦泉水？那時酒喝多了，半夜口渴起身喝水，如果是水喉水煲了放涼，那水是一點味道也沒有的，要是喝嶗山礦泉水，你會喝出甜味來，那是多麼美妙的一種感覺！

玻璃瓶裝的水，很小瓶，一下子喝光，我家從此有喝不完的礦泉水，一箱箱買，只有裕華肯送貨。有氣的更好喝，沒有廣告中所說的鹹味，但喝進去那股清爽的口感，沙的一聲直通到胃，是無比的舒服。淡味的有紅色貼紙，有氣的是藍色貼紙，直至現在，我還是兩種都喝。

喜歡逛的，還有三樓的陶瓷部門，我一直有收藏茶盅（蓋碗）的嗜好，見到好的就買，記得當年只花四十塊港幣，就能買到一個民初的茶盅，非常之薄，而且絕不燙手。不算是甚麼古董，日常照用，被家務助理打爛了不少，也不覺可惜，照買照用。當今，這種茶盅，也要賣到至少四千塊一個了。

二樓的絲綢部門，有位師傅專為客人度身訂做旗袍，我對女性的這種衣服情有獨鍾，做了不少研究，和師傅一聊，成為好友，後來不禁技癢，為任職的邵氏公司監製了一部叫《吉祥賭坊》的電影，當年沒有服裝設計這個名堂，我也不在乎有無名銜，欣然擔任了。

何琍琍在戲中穿的旗袍和岳華的男士長衫，都在裕華度身訂做，許多觀眾看了電影之後，尤其是南洋的客人都來購買，為裕華帶來不少生意。

台灣人也看了，但不敢走進裕華，那時有個荒唐的傳言，說裕華是一個特務機關，國民黨監視着，有甚麼台灣人進去就會被拍下照片，回去後有老罪可遭，非常可笑。我對台灣友人拍胸膛，說跟我一齊去就沒事，結果也帶了不少人來，大家對國貨的好奇心極重，左買右買，大包小包地運返台灣，當然沒有甚麼問題。

除了蓋碗，我也很喜歡買剪刀，各種各樣的剪刀收藏了不少，張小泉剪刀當然可以在裕華買到。那時的手柄用幼細的紅色籐條捆住，用久了很容易鬆脱，後來他們改用了塑膠，已沒有古早味，無興趣了。

最鋒利的倒是手術用的剪刀，很奇怪裕華也賣這種工具。我買了不少大把的，用了幾十年還不會鈍，小把的可用來剪鼻毛，甚麼德國孖人牌產品都比不上它，你可以去買幾把來試，就知道我沒說錯。

光顧最多的，當然是地下層的食物部了，那時候的上等普洱，一餅四十塊，一筒七餅，叫七子茶，我買了一筒又一筒，有些儲存到今天，已成天價。

食物部中還賣桂花陳酒，才幾十塊一瓶，一喝驚為天物，那是解放後從宮中拿到了秘方，大量製造出來，又好喝又容易醉人。可能是賣得太便宜，就無人問津，如果現在你去「鹿鳴春」吃飯，那裏還有得賣，我每每請客都買幾瓶，加了幾塊冰，眾人都喜歡。

同一層，還能買到東莞米粉，當年是現做現由東莞運到，也只有裕華有這種關係。剛做好的新鮮米粉，香氣十足，韌度也恰好。紅燒一鍋豬腳，再加米粉下去煮湯，是生日時必吃的，可惜當今已沒有這種米粉賣了。

更有珍禽異獸，甚麼金錢龜、野生水鴨，那就是雁子了，不過我倒沒甚麼興趣，一向認為不多練習的食材，做來做去就那麼幾種，不像豬羊牛肉那麼千變萬化。

進入大門看到的，全是藥品，強精的多不勝數，覺得中國人對此物的興趣極大，好像在這方面弱了一點。雲南白藥是非常有用的，比甚麼西藥都要有效，如被刀割傷，血流不停，撒上雲南白藥，即止。對藥中的那顆紅色細細粒的保險丸更是着迷，但好彩沒被子彈穿過，不必服之。

今天，裕華照樣擠滿客人，但賣的東西已不限於國貨，西洋產品不少，照舊的，是那首廣告歌：裕華國貨，服務大家……

三、澳門篇

澳門優閒遊

去澳門談點公事，乘機到藝術博物館去看「乾隆展」和「明清傢具展」。澳門藝術博物館就開在「東方文華酒店」後面的新口岸冼星海大馬路上，地方很容易找到，整個澳門也不大，但這座藝術中心可不小。

乾隆的珍藏是北京故宮提供的，收藏並不比台北故宮精，也非常值得一看，尤其是那張在畫中出現過的鹿角座椅，真的東西還是第一次看到。

中間也有許多玉璽。一向反對乾隆把他的豆腐印印在古字畫中，破壞原來的構畫，玉璽的雕工匠氣也很重。

有趣的是乾隆手寫的《心經》，可以看到他深受王羲之的影響。乾隆的「無」字寫得很刻意，每一個都要求不同的寫法，其實《心經》中那麼多「無」，變也變不到哪裏去。他的其他書法，我並不欣賞。乾隆看了那麼多書家的真跡，還是寫不出好字來，應該打屁股。

「南陽葉氏攻玉山房」藏的明清傢具，令人嘆為觀止，各種椅櫈箱櫃和擺設每樣抽出一兩樣精品展出，已看得目不暇給，加上「嘉士堂」提供的明式傢具製作的材料和方法，讓初走入傢具世界的朋友明白它們的構造，看了更是得益。當年不用一釘，也能拼出那麼精美耐久的傢具，是力學和幾何學的智慧顛峰，外國人看了無一不折服。

葉氏的收藏，世界博物館級也不及。開幕那天有八十八位香港藏家和藝術愛好者專程前往參觀，他們多數是收藏字畫、玉器、陶瓷等的尖端人物，令人感嘆香港地的藏龍臥虎。

博物館能辦得那麼好，也與館長吳衞鳴有關，年紀輕輕，已那麼有魄力，主辦了許多展覽會，比香港的活躍。

看完返回「東方文華酒店」，房間不及Westin的舒服寬大和簇新，但勝在地點方便，還是我喜歡的酒店之一。老旅館都有一股味道，並非臭氣，只是獨特，每家酒店都不同，如果你旅行多了，就明白我說些甚麼。

前一個晚上把頸項睡歪了，還是找人按摩一下，又跑去了「大班」芬蘭浴室，物理治療師把我醫好，又擦背擦得乾乾淨淨，走出大堂吃宵夜。

來到澳門，當然是吃麵，澳門的麵，很神奇地做出比香港好吃。要了一碟蝦籽撈麵，再來魚皮餃。經理說雲吞也做得不錯，又來一碗。見菜單上有荷包蛋和午餐肉，貪心地要了，那麼多餸下麵，一開頭就把撈麵吃得光光，最後添多一碟才肯回酒店睡覺。

乘翌日的十點鐘那班船回香港。一早醒來，看錶還有很多時間，就坐的士前往大馬路，想在賣土產的那條街走走，但一想家裏還有很多還沒吃完的蜜餞和糕點，也就作罷，吃個早餐上路吧。

「有沒有麵檔？」我問司機。

那老兄回答：「那麼早哪裏去找？要吃粥倒有。」

巷子裏的「大三元」賣粥，早上七點開到十一點，晚上又由七點開到十一點，正宗的七十一，我知道。但還是一心一意地想吃麵。我這個人從不喜答案只有一個「不」字。你說沒有，我偏要去找找看。菜市附近總有熟食檔，賣麵也不出奇呀。

在大馬路的菜市附近下車，經過幾條小巷，看見巷中還有多家菜檔，菜市場已新建好了，為甚麼不搬到那裏去？我有個疑問。

一早小巷煙霧朦朧，是一幅幅的沙龍作品，外國人看了一定舉起相機，對我這個早起的人就不感到稀奇了。走進趙家巷，見二十六號有家叫「池記」的，不是麵店是甚麼？可惜還沒開。

新街市一共有九層樓，底層賣魚，看到有鱸魚，有五呎長，還是活的。那麼大的鱸魚不可能是養殖的，一定很鮮甜，帶不回香港，也沒法子。二樓賣疏菜，三樓賣肉，四樓是熟食檔。哈哈，「池記」也在這裏開了一檔，正在營業，即刻叫了撈麵。伙計問我要甚麼餸，我點了牛心和牛腰，這兩種配料香港也少。

再去隔壁檔要一杯濃茶，不要糖不要奶，飛沙走石。見有一個藥壺，汽噴出來，是咖啡味，原來傳統的澳門咖啡，都是用藥壺煲出來的，這是其他地方找不到的特色。

鄰座有一對老夫婦，也是一早出來散步，買菜後上來喝杯茶，我替他們付了，三人才十五塊澳幣，每杯三元。搭訕起來，知道夫婦姓高，先生本人也是香港人，搬到這裏已有十幾年了。

「有三十萬就能買到一間香港百多萬的房子。」高先生說：「澳門節奏慢，可以活多幾年。」

我也同意，可惜做不到。

「有了新街市，為甚麼還在巷子裏賣菜？」我問。

「哦。」高先生說：「新街市很多層，要乘扶手電梯，老太太們嫌太高，又乘不慣電梯，不肯上來買，巷裏的攤檔才生存下來。」

有了答案，很滿意。肚子又飽飽地，麵又要了兩碟，吃得差點由雙耳流出來。這種感覺真好，有空應該多來澳門幾趟。

祐漢市場

在澳門，結識了友人周先生，一聽到他的廣東話，即刻知道他是福建人。

「澳門有多少人口？」

「四十多萬。」他說。

「那麼福建人有多少？」

「十幾萬。」

「嘩，那不是四分之一以上嗎？」我叫了出來：「為甚麼沒有一間像樣的餐廳呢？」

周先生也不知道是甚麼原因，他任職的「皇家金堡」從前由一個福建家族經營，也在二樓的餐廳嘗試賣福建菜，從廈門請了一群大師傅表演，我一聽到大喜，即刻參加，吃得不亦樂乎。

當今這家酒店已易手，餐廳中還有幾位廚子是福建人，時常進口地道的小食

「土筍凍」，但並非天天供應，吃個炒麵，還是有的。

福建分南部和北部，兩個地方連方言也不同，別說菜式，南部以廈門和泉州為代表，也稱閩南，台灣人多數是閩南人後裔。北部則以福州為代表，方言福州和福清話，極為難懂，名菜是佛跳牆。

南部廈門一帶的人，則最喜歡吃「土筍凍」，所謂「土筍」，其實是沙蟲，有幼指般粗，像條蚯蚓，古老的做法是將沙蟲抓來，用腳踐踏，讓牠吐沙，然後煮之。沙蟲有膠質，冷了結成凍，切片後點蒜茸醋或辣椒醬來吃。當今的做法當然不必用腳，味道一樣，聽起來恐怖，但是吃了感到甘甜無比，會上癮的。如果你不喜歡吃土筍凍，就不是一個真正的閩南人。

「從廈門每天有巴士到珠海，再從拱北關口進入澳門，有人帶土筍凍來這裏賣。」周先生說。

一聽大有興趣：「澳門的甚麼地方？」

「黑沙灣，祐漢街市。」

即刻請周先生開車帶我去，從文華酒店出發，往拱北方向走去，黑沙灣在澳門本島，不必過橋，十五分鐘左右抵達，一棟棟的高樓，有新有舊，住滿了人，多數是來自福建的，這裏的生活水準較低，賣的東西也相對地便宜。

祐漢市場就在這些像從前香港徙置區住宅的高樓之中，有舊九龍城的影子，周先生帶我走了一圈，因為他還有事，我也不麻煩他，說翌日自己再來。

回到酒店，遇澳門的廣東友人，警告說：「祐漢一帶很複雜，你自己一個最好別去亂走。」

「從前我進入九龍城寨，一有事我講潮州話就解決，我的潮州話沒我的福建話那麼流利，去了祐漢，我可以用閩南話對付，不擔心。」我笑着說。

第二天一早，我乘的士前往，在祐漢市場前面下車，周圍有兩家露天茶座，已坐滿了客人。我四處走走看賣的點心有甚麼不同，蝦餃燒賣叉燒包等是一樣的，但也有一盅盅燉出來的食物，仔細一看，原來是燉豬肚，湯甚濃，若宿醉，來一盅鎮胃，是酒徒的恩物。

茶樓旁邊有一檔賣豬肉丸的，叫為爽爽，招牌上寫着古法製作，用手把豬肉打爛做成，爽脆無比云云，即刻要了一碗，果然又脆又有肉味，的確不錯。

走進菜市場，一樓賣魚，二樓賣菜，三樓賣肉。福建運來的小食，像蒸丸、炸肉丸、炸魚等等，要到下午才到，賣油麵的攤子倒是不少。

海鮮很豐富，雖說這一區的人經濟較差，但也可以用低微的價錢買到游水的魚蝦，光顧的家庭主婦不少。各種蔬菜瓜類也肥美，新鮮得很。

走到三樓，哇，幾乎是清一色賣豬肉，牛肉攤只有三四檔，小販們勤勞地把各部份的肉分解。

看到一位友善的肉販向我笑笑，就問道：「這裏一共有多少家賣豬肉的？」

「三十三檔。」他說。

「怎麼生存？」

「鬥便宜囉。」他回答得實在。

傳說有些肉是從拱北走私進來，有些家庭主婦把豬肉綁在腿上偷運，但據小販說這種個案只是發生過，當今已無人那麼做了。

再走上去，是熟食中心，共有兩層，攤檔甚多，但賣的食物重複，餃子鍋貼一檔又一檔。看到一家賣豬腸粉的，很乾淨，印象特別好，要了一客蝦米腸，味道果然不錯。

總計起來，食物的變化沒有營地街街市那麼豐富，水準也差過那裏，但價錢簡直是便宜得令人發笑。鄰桌的客人告訴我，這個熟食檔開到深夜，中午和晚上來，種類就多起來，我會和友人一塊兒光顧。

又吃了一碗牛腩油麵和一杯濃茶，已飽，捧着大肚子走下來，看到鮮花檔中，有薑花和茉莉出售。在澳門從前常見小販把薑花一朵朵採下，用橡皮筋綁成一束，每束一元澳幣，的士大佬最喜歡買來掛在倒後鏡上，當今已罕見，都是連枝帶葉的。問價錢，市中心的花檔要賣五塊的，這裏一束兩塊，茉莉也是，各買二束，才八大洋，回到酒店插入水杯中，香了兩天。

澳門葡國菜

香港是前英國殖民地，來到了，不會想吃英國菜；但是澳門不同，葡萄牙菜是深入民心的。

我剛去澳門時，也和各位一樣，專找葡萄牙菜來吃，而葡萄牙菜的特色是甚麼？第一個印象便是馬介休了。這種曬乾了的鱈魚，簡直像韓國人的泡菜，不可一日無此君，種種做法，都是以馬介休為原料的。

接下來是香腸，與中國的有別，也不像德國腸，有其獨特的風格，種類也多。另外便是沙甸魚了，到底，比較起法國、意大利和西班牙來，葡萄牙菜還是變化較少的，但本身也是一種歷史長遠的飲食文化，研究起來，就發現大把花樣。

澳門的，大致分兩派：一是純粹的葡萄牙料理，另一是澳門人改良過，迎合中國食客口味的葡式澳門菜。後者 Annabelle Jackson 有許多著作詳細介紹，上網一找就能查到。

地道的葡萄牙菜，有道滿足餐 Comfort Food，叫 Cozido，澳門人改良後稱之為 Tacho 葡式大雜焓。其實 Cozido 是種白焓，把豬頸肉、內臟、香腸、牛肉、薯仔、椰菜、紅蘿蔔等等煮成一大鍋，有些是連湯上，有些把材料乾撈起來，加上一團白飯上桌。我最喜歡吃這道菜，煮法獨特，鄉下婦女花長時間做出，他國找不到。為了記錄，我特地跑到葡萄牙去，把過程拍了下來。

在澳門也能吃到，如果這家餐廳長年供應，那多數是純正的葡萄牙菜館，而食材偷工減料的話，就多數是改良過的了。

也不是說改良的就不行，葡式澳門菜有它的特色，像用蝦醬醃豬肉來紅燒，就是很精彩的吃法，不過在澳門的改良葡式食肆，做的菜多是千篇一律，種類不多，吃來吃去毫無新意，就不如去找地道的葡萄牙菜了。

有兩家很突出的，一是安東尼奧，主廚兼老闆安東尼奧堅持用葡萄牙空運來的原料，也死守着葡萄牙味道，不去改良，原先開在氹仔的「里斯本地帶」，建築物有個小陽台，純葡萄牙風格，食物也非常有水準，我帶過倪匡兄去吃安東尼奧做的烤乳豬，至今他還念念不忘，當今該餐廳已不做了，在另一處開業，地方不大，須訂位，是值得一試的。

地址：澳門路環水鴨街 8 號

電話：+853-6686-4200

最近常到澳門，又試了多家，改良過的，有一間「新口岸葡國餐」，頗受遊客歡迎。

地址：澳門新口岸宋玉廣場 606

電話：+853-2870-3898

另外一間歷史悠久的「公雞」，也搬了新址。

地址：澳門倫斯泰特大馬路帝景苑地下 AF-AG 舖

電話：+853-2875-1383

而正宗的葡萄牙菜，有一家佼佼者，叫「大堂街 8 號 Restaurante Escada」，地點就在舊區的大馬路旁邊，離開地標噴水池不遠。

大馬路中有幾座葡萄牙古蹟，全部黃色，天花刻着白色的雕花，多數為三四層的建築，非常之優雅，我第一次到澳門就愛上了，在監製《不夜天》一片時，為了表現女主角夏文汐的氣質，特地拉隊去拍攝，讓她站在陽台上，慢動作撒下鮮花。

這家餐廳就開在其中的一座建築物中，問老闆娘 Yvone 怎麼找到的，她回答說是親戚的物業，很不容易地說服對方租下。

Yvone 本人對餐飲的興趣特濃，還到法國的藍帶學院學過，但為甚麼不開法國餐廳而跑去做葡萄牙菜？那是她來了澳門定居，發現葡萄牙菜更適合她隨和的個性，和先生兩人決定開了這麼一間餐廳。

想吃的地道白烚 Cozido 上桌了，哈，那種久未嘗試的味道又回來，做法和在葡萄牙吃的一模一樣，真是吃得暢懷滿足。

別處的沙甸魚通常是烤的，這家人用新鮮的魚煮後浸橄欖油，當然比罐頭的好吃十倍，加了指天椒，十分刺激。另外下酒的前菜是豬耳沙律，用醋泡了，也很可口。

燴羊肉以濃厚的番茄醬紅燒，羊味仍存。黑豬火腿配蜜瓜中間插入，也有各類的葡萄牙香腸。

主食的烤乳豬登場，皮脆肉鬆化，香噴噴地，吃了一口即知不同，問說是不是依照葡萄牙的烤乳豬傳統，秘方在於在乳豬的內層塗上厚厚的豬油？對方點頭。

最後的木糠布甸，原本吃法是奶油不冰凍，但這裏做的像冰淇淋，更是我喜歡的。

問有沒有我愛吃的芝士，一種像小鼓形狀的，外硬內溶，可以用湯匙舀來吃的？老闆娘回答要過一個月才合時，為了這道芝士，我也會再去。

地址：澳門大堂街8號

電話：+853-2696-6900

Le Lapin

十多年前，一對夫婦參加了我的旅行團，帶着一個精靈的小兒子，一直捧着一本書看，我最喜歡看書的小孩，特別注意他，問說：「長大了，想當甚麼？」

我以為他會回答當作家，但他斬釘截鐵：「廚師。」

日子過得快，每年也見他長大，到高中畢業後，我還是問同個問題，他也回答同一答案，我和他雙親商量過後，都說：「大學畢業了，再做甚麼都行。」

兒子很聽話，在英國唸完商科，這時父母惟有讓他做喜歡的，到藍帶學院再修幾年，以最高分數畢業，當廚師的願望完全阻止不了。

Le Lapin 就從此在澳門誕生，沒有中文名字，是兒子廖啟承取的，廖啟承在兔年出生，以此為餐廳名。從碼頭出來，車子往觀光塔方向走，不到兩分鐘，就可以看到貝聿銘設計的科學館，店開在五樓，一切裝飾和兔子及月亮以及宇宙有關。從二十幾呎的樓頂，中間一盞大水晶吊燈，點的蠟燭不是火，而是幾百個小電視熒幕，放映着蠟燭的閃亮燈火。

餐廳花了兩年時間，是因為所有的裝修都是從外國訂來，負責的是 Wilson Associates，是世界聞名的設計公司，全球頂級的酒店，包括杜拜的亞曼尼，也是他們的作品。

整家餐廳可以坐六十位客人，四十名在大廳，十二位在大包廂，六位在小包廂，透過高樓頂的玻璃牆壁，是欣賞澳門夜景及煙火表演的好地方。

另一棟高牆建築了酒城，裏面有十萬瓶世界佳釀，是廖啟承的父母畢生珍藏的一部份而已，以同樣面積的餐廳來計算，全球也難找到一家那麼齊全的酒庫了。

那麼多的 Romanee Conti、Lafon、Leflaive、Leroy、d'Auvenay 和 Henri Jayer，所有年份的 Mouton，從一九四五年至今，最老的 Lafite 是一八三二年，還有一九六一年的 Latour、Haut Brion、Margaux、Paul Jaboulet La Chapelle。甜酒部份更是驚人，Yquem 有一八九三、一八九六和一九〇〇年，另有一九三四年至今的所有年份的黃金液體。

說了那麼多，東西好吃嗎？

客人不可以點菜，餐廳把時令食物做好，並配上酒，訂座時說不喜歡某種食材，可以用別的代替，昨晚我們吃的是黑松露菌麵包、鵝肝醬、生蠔和魚子醬、雅枝竹和黑松露、蘇格蘭三文魚、紅燒和牛和兩種甜品。

只是名貴食材最多，有甚麼特別？這是廖啟承表演手藝的時候了：一大塊的黑松露用鵝油煎過，放在一塊酸麵包多士上，熟悉法國菜的客人，即刻知道這是一道法國皇室的菜。

鵝肝醬也是用最古典的做法，一大塊鵝肝，去了筋，用白蘭地、胡椒和鹽醃製二十四小時，配紅菜頭醬上桌。

生蠔用日本的，在熱油上輕輕灼過，配上魚子醬。

雅枝竹這道菜是用 Escoffier 記錄下來的菜譜重現，用一顆大雅枝竹墊底，釀入蘑菇和火腿，再以酥皮包裹，這樣才能封住中間那一整粒的黑松露香氣。

我不喜歡三文魚大家都知道，但這一塊完全沒有那股難聞的氣味，煎得半生熟，再淋上大量三文魚骨熬出來的濃汁，我把整碟都吃得乾乾淨淨。

牛肉是把三田牛慢煮出來，配上另一片燒肉眼，黑松露菌和薯仔泥當配菜。

甜品是店中一位叫莊田的甜品師傑作，她也是從小愛甜品，在藍帶學院以頭等獎勝出的學生，先做一道用草莓、白芝士醬，加上小茴香做的，用來刷新味覺。

第二道甜品用薏米慕絲和藏紅花做的焦糖蛋糕，薏米和藏紅花一向不入甜品，她大膽地把這兩種食材配合得好。又知道我愛吃雪糕，專門做了一小桶香草雪糕給我嘗試，我必得很老實地稱讚，這是我吃過最軟滑香甜的雪糕。

那麼多道菜，都基於傳統的法國料理，雖然有些是創新的，也沒有走入邪道，問廖啟承說：「法國餐廳，為甚麼不請法國師傅？」

「我們都是一群在法國學過的中國人，我們都受過法國人的氣，所以不請。」廖啟承笑着說。

「我知道有道法國傳統菜，用松露釀進雞的肉和皮中間，再用松露湯蒸出來的，做不做得了？」

「預先通知我們，當然做得出。」他說：「我們雖然不賣 à la carte，但客人在訂座時說最想吃甚麼，都行。」

餐廳裏還有一道小龍蝦蒸蛋，也是拿手名菜，試過的客人都讚不絕口，如果傳給你的菜單中沒有這一道，我推薦各位可以加上。

到月前為止，還是試業階段，啟承做事認真慢慢來，但各位看了這篇文章之後想去，可以說是我介紹來，預先訂到位子。

在澳門，最頭痛的是叫不到車子，請各位在訂位時講好接送時間，會在碼頭迎接，吃完飯送各位回酒店的。

地址：澳門孫逸仙大馬路澳門科學館5樓

電話：+853-2878-3938

澳門大倉酒店

十多二十年前，澳門只有一家比較像樣的酒店，就是在碼頭附近的「文華」。當今賭場林立，酒店的選擇多得不得了，甚麼名牌都有，但是如今到澳門過夜，首選的還是開在銀河集團裏面的「大倉 Okura」。

七八年前，當其他酒店，不管是甚麼大牌，都沒有噴水沖廁時，大倉已有此設備；當今連大陸的五星級也開始出現，澳門也還是只有寥寥數家。

和其他酒店比較，大倉是最少遊客入住的旅館之一，因為大家都忙着衝入賭場，沒想到去細細欣賞它的服務，一旦住宿，才會發現它的好處。

Okura 在日本是一個響噹噹的名字，早期東京的最高級酒店，也只有「帝國」和「Okura」。

澳門大倉不算大，四百多間房而已，卻擁有一群服務周到的職員，多數是從日本來的，穿着粉紅色的和服是它的象徵，而領導着這群女侍者的是資深經理梁佩茵，英文名 Gloria，她從開業做到現在，對客人無微不至，實在是一位不可多得的人才，有任何大大小小的要求，都可以找她辦到。

房間方面，陳設不算是豪華奢侈，但依照日本人傳統，非常之乾淨。我們到日本旅行去不厭，乾淨是一個很重要的因素，能夠在澳門的大倉找到，也是不易。有些酒店不到幾年已經有殘舊的感覺，這裏和第一天開業一模一樣。

世界上所有的大倉酒店裏面，一定開設着他們傳統的日本料理「山里 Yamazato」，而最正宗的除日本本土以外，就是澳門這家了，香港也沒有。

入住之後，晚上來吃一個寧靜豐富的懷石料理，是我到澳門的最大的享受，今夜大廚為我準備的「特別全席獻立」的第一道菜叫「先付」，是我們所謂的前菜，用一個黑漆盤子盛着以下諸物：小碗裝京都的腐皮，上面鋪了海膽、生山葵和三葉，另有「鬼燈卷」，是用了「蕗之薹 Fukinotou」的殼當成燈籠的一種裝設，裏面裝有酒煮番茄、芋頭的田樂燒。另有充滿魚卵的鮎魚、酒蒸鮑魚、甜番薯、鱧魚壽司和茗荷等等。裝設品是用快刀削出蘿蔔薄片，上面染了少許的紅色，捲成一團，裏面生了火當成燈籠，簡直是藝術品。

第二道的「煮物椀」，煮着甘鯛魚、銀杏、冬瓜、三葉、紅蘿蔔和松葉柚子，加了一小小片的松茸，其香味已濃過一大捧的劣品，但這道菜主要是用來欣賞那個漆器的「椀」，蓋子一打開，內蓋繪着精美的松樹和小鳥的圖案，當年乘JAL從美國飛日本時，就用這種餐具，令乘客對日本文化感到驚訝。

第三道的「向付」，用一張新鮮的大荷葉為盆，裏面的一小塊日本海的「本鮪」，和印度洋或西班牙的Toro不同就是不同，也不必點調味品，醬油結成啫喱狀，另有茗荷的花，八爪魚刺身上面鋪着酸梅。

第四道是「烤物」，烤的是梭子魚，用寫着日本書法的陶碟子盛着，配上還沒有變紅的綠色楓葉裝飾，表示秋天將快來到。

第五道「合肴」，有稻庭烏冬、北海道毛蟹一大塊腿肉，上面有「髮文字葱」，是一種葱絲的做法，切得像古代女人的假髮般幼，另有海帶做襯托。

第六道「變皿」，用京都加茂茄子和豐後牛包的鳴門卷，用醋和大蒜調味。

第七道「食事」，一向山里的大師傅會炊一大陶碟的有味飯，用新潟米加上各種蔬菜、菰菌或肉類一塊煮成，但今晚是山藥和鮪魚當菜，反而沒那麼美味，配飯的當然也有味噌湯和泡菜。

最後是水果，有靜岡蜜瓜、宮崎芒果、熊本西瓜、愛知縣的黃金奇異果和岡山的瑪斯卡特葡萄。

最後的最後，是安倍川的蕨餅。

這一頓賣多少錢？

葡幣二千。

合理呀。

你會發現，所有好的日本料理，價錢都是合理的，那些亂七八糟的假日本刺身店才會斬客。日本高級食府當然是貴的，材料、餐具都貴嘛，熟客會知道是合理的，好餐廳有他們的自傲，絕對不會亂開價。

很可惜地，因為會欣賞的客人不多，澳門大倉有許多設施都在縮小，從前很多清酒專門店酒吧也都消失了，山里的面積也沒從前那麼大。

在入口的那一層有間日本甜品店，雖然甚受年輕客人歡迎，但為甚麼不開加上日式的「洋食」呢？

大倉最著名的是他們的法國多士French Toast，用最古老的方法做出來，沾滿了蜜液，吃進嘴裏每一口都像絲綢般細膩，啖啖都像蜜糖，那種美味，沒有親自試過是不知道的，為甚麼不把這種傳統搬到澳門來呢？

日本「洋食」還有各類食譜，像香甜的咖喱飯、像蛋包飯、炸豬扒等等等等，絕對會讓人吃上癮，絕對有生意做的。

地址：澳門路氹城蓮花海濱大馬路

電話：+853-8883-8883

澳門居民

記不起是第幾次去澳門了。這句話也有語病，不應該用「去」字，而是「回」，我已經有了澳門的永久居民身份證，是個澳門人了。

「你想住哪間酒店？」老友米夫是安排這次活動的人，他給了我很多選擇。

我當然會揀「大倉 Okura」，這塊牌子當年東京還沒其他好酒店時，是與「帝國」齊名，就連他們管理的上海「花園酒店」，也是至今我最愛入住的。還有一個私人理由，很簡單，那就是有沖水坐廁，去到全世界的所謂「五星級」酒店，也不一定有此設備，洋人到底不知道它的好處，日本早在三十年前已普遍，公路旁的休息站也設有，用慣了沒有它，很是不便，現在內地很多城市也開始出現了。

「大倉」的好處當然不止於此，服務是無微不至的，但一切都在低調中進行，在花花綠綠、吵吵鬧鬧的賭城中，是被客人忽略了。

不單是服務好，酒店裏的日本料理「山里」是我認為最正宗的一家，就算香港，也找不到。當然香港的高級壽司舖很多，有的還是只有七八個座位，但是說到「懷石」，真的找不到幾家做得像樣。單單說餐具，最先上的那道「先付」中，山里用了一個黑漆漆的碗，毫不起眼，但一打開蓋底，繪有的精美圖案，已令人讚嘆，裏面盛着瀧川的豆腐、生海膽、秋葵和紫蘇花穗，美味之極。

總之整頓餐沒有一樣不好吃，食材都走在季節性的尖端。嫌懷石好看不好吃，吃不飽嗎？這家人的特點在於最後的那煲飯，用大陶缽炊出來，米飯粒粒晶瑩，加上鮑魚等各種食材調味，一定讓你吃完一碗又一碗。

問價錢，便宜得令人發笑，正統的日本餐從不劏客，一定是公道的。

至於早餐，酒店的自助早餐雖豐富，我還是喜歡到營地街菜市場的四樓，種種地道的食物應有盡有，而且已經和各位小販結成朋友，互相嬉笑更是快樂事。凡是有朋友問起去哪裏能吃到又便宜又好的？我一定介紹他們去那裏，吃完回來個個都滿意，沒有一個失望的。

中餐當然還有「祥記麵家」，宵夜有「六記」，豆腐花是「李康記」最好，吃過的沒有一個不大讚。甜品店的「杏香園」是我最喜歡的，在一九四六年於廣州成立，六三年遷移到澳門，它改變了傳統甜品，又加冰淇淋又加涼粉又加椰漿，你去吃時叫那個最貴的，甚麼都有，吃完已是一頓大餐。如果還不飽可以買他們的糉子，裏面有七八粒大瑤柱，真材實料，絕對吃出幸福感來。本來這回想去吃一餐，但時間不充裕，聽說他們已來香港開分店，還是返港後光顧。

也不是老吃那幾樣，新的酒店愈開愈多，麗思卡爾頓還是全部套房的呢，米夫介紹了那裏的「麗軒」，說有高級點心吃。我最近對粵式、滬式和京式的點心都很有興趣，但聽到「高級」這兩個字，不是貼金箔就是亂加魚子醬、松露醬，有點怕怕。

「麗軒」做的不同，不但食材講究，而且花了心思，讓我佩服。單單說「脆米海皇焗金瓜」這一道好了，所謂「金瓜」，是潮州人的南瓜叫法，用了一個西柚般大的，裏面挖空，把瓜肉和飯加海鮮去炒，南瓜本身已甜，加上魚蝦更鮮，炒完填進小南瓜裏面焗出來。花功夫的是在最上面那一層飯，先將白飯烘乾了，再拿去炸，炸後填入瓜的上面，客人一吃，米飯的層次分明，的確做得好，值得一讚。

賭場一多，名店自然跟着來，大眾化的我一點興趣也沒有，反正去到世界的任何角落，這些名店都陰魂不散，隨時可以買到。令我驚奇的是一家叫 Zimmerli

的，從前根本沒有甚麼人會欣賞，這家專賣內衣內褲的老店，早在一八七一年已在瑞士開業，產品非常之精美，當然價錢也不菲，不過人生有很多階段，穿得起時不能對不起自己。

這家人的產品以前在香港置地廣場的地下街可以買到，但是和其他牌子摻在一起的，貨物的選擇不多，而且已經倒閉。澳門這家是專門店，產品林林總總，其中還有一半棉一半絲的長褲，藍白二種顏色可選。這種褲子的好處在於可以當睡褲，穿出去走在街上當西褲也行，不會失禮，是長途旅行的恩物，又可以手洗，真是不錯。

本來也想去大堂街八號的葡萄牙餐廳吃一餐，但是時間真的不夠，米夫知道我喜歡吃那家人供應的芝士，羊奶做的，比中秋月餅大一倍，形狀也像，外皮較硬，用利刀剟了一圈，掀起，再以調羮舀，裏面的芝士又軟又香，百食不厭。

返港後把照片放在臉書上，很多朋友都大感興趣，問我在哪裏買，問過米夫後，得到資料如下：

地址：澳門士多鳥拜斯大馬路48號地下B

電話：+853-2857-2622

四、台灣篇

重遊台北

在唸中學時，結識了一個好朋友叫黃森，他父母只有他一個兒子，我比他大一歲，我們的長成，是互相影響的。

黃森命好，一生只做過一兩份在書店賣書的工作，其他時間就用來旅行和看書，又有天份，會數十種語言。這麼多年來，我們甚少見面，也不大通信，有一次他竟然消失了十多年，我們這群老友都說有一天去沙漠旅行時，看到路邊有個老友在研究石碑上的文字，那人一定是他。

後來他在澳洲住了幾年，和當今的妻子結婚，兩人又於晚年決定定居在巴黎，有了社交媒體後，我和他太太的聯絡多了，知道他們要去台灣，心血來潮，放下一切，到台北和他們聊天。

讓他們睡一天扭轉時差，我週四乘早上八點的中華機，十點左右抵達，約好中午見面。第一餐，吃甚麼好呢？想了又想，最後還是決定到穩穩陣陣正正宗宗的台菜「欣葉」去。

黃森的老婆珍妮花事前已在微信上告訴我，她甚麼都吃，只是不吃Offal，這個內臟的英文字我們通常用成Organ、Intestines，少人提及Offal，我喜內臟，當然看得懂。難題就發生了，台灣是一個做內臟做得好的地方，從他們菜市場的價錢可以看出，比香港要貴許多，香港肉販有時還大贈送呢。

好在「欣葉」甚麼小菜都有，先叫了蚵子、炒通菜、炒番薯葉、紅蟳米糕、薄餅和金瓜炒米粉，這幾種菜珍妮花一定喜歡，尤其是紅蟳，青菜也是當今女士們必點，不能抗拒的。

黃森的父親在國民黨時代當過官，也去了台灣住上兩三年，所以他對台灣特別有情意結，在新加坡時整天向我提起一種魚的卵子，當然就是烏魚子，這回每一餐都點，給他吃一個痛快。

蚵仔是可以吃個不停，吃到肚瀉為止的，我這幾天腸胃不佳，但也拼死猛啖。薄餅，台灣人叫為潤餅，我從小喜歡，見到必點，「欣葉」的沒讓我失望，但是台灣人包的偏甜，還是喜歡在廈門吃的。金瓜炒米粉特別精彩，台灣媳婦要是不會炒米粉就嫁不了人，那是從前的事，當今沒幾個會吧！我自己倒學到了一手，常在家裏做。

金瓜即是南瓜，刨絲後和浸泡過的新竹米粉熱油炒之，南瓜本身帶甜，就不必下味精了，但要用小蜆的肉和汁來提鮮，可加蝦或豬肉絲，蔬菜則建議用高麗菜。並非高科技，失敗幾回後一定成功。

最後，也不顧珍妮花喜不喜歡，叫了一碟麻油炒豬腰，果然是高手，炮製出來的完全不同。豬腰切花，生熟軟硬恰好，加上極香的高級麻油，這一碟菜由黃森和我包辦，掃個清光。

地址：台北市中山區雙城街34號之一

電話：+886-02-2596-3255

飯後也不知道要去哪裏，反正是老友閒聊，沒有目的，去哪裏都行。珍妮花對東方語言也有濃厚興趣，說的泰語特別流利，聽說她最近在研究林語堂，大家就決定到他的故居走一走。

車子爬上山坡，在陽明山半山，是林語堂生前最後十年的居所，目前由東吳大學管理。是座西班牙建築，走進去一看，書櫃中有整套中英著作和雜誌，以及廣獲國際推崇的《生活的藝術》，英國、韓國、德國、法國、意大利、西班牙、葡萄牙、丹麥、挪威、瑞典、芬蘭等十一國語言的譯本。

另一邊，書房陳列着他的手稿、文具和舊打字機，還有他發明的「上下形撿字法」，和他改良的「國語羅馬字拼音法」。一九七二年香港中文大學出版的《林語堂當代漢英詞典》也陳列在裏面。

睡房中的床是單人的，林語堂怕打擾夫人的生活作息而大家分房睡，這也是英國房子最文明的做法，美國人則夫妻永遠睡在一起。

餐廳椅背上有「鳳」的小篆，是林語堂感謝夫人廖翠鳳的辛勞而刻的。在鼓浪嶼漳州路也有林語堂故居，當年是她家住宅，當今破舊不堪，都怪林先生晚年去了台灣而被忽視。

另外牆上有多幅字畫，像宋美齡送的蘭花，書齋的「有不為齋」為林語堂親筆，寫來紀念上海的書房，也看到了文人的傲氣。

房子的一部份已改為茶室，讓參觀者喝杯咖啡。去看時最好由屋外的小徑走下到花園，在這裏可以俯望整個山谷，他曾經寫道：「黃昏時候，工作完，飯罷，既吃西瓜，一人坐在陽台上獨自乘涼，口銜煙斗，若吃煙，若不吃煙。看前山慢慢沉入夜色的朦朧裏，下面天母燈光閃爍、清風徐來，若有所思，若無所思。不亦快哉！」

花園中有棵很高的松科巨樹，看枝葉，有點像是「猴子的迷惑」的近親，另有一些寄生植物，長着毛，像蜘蛛的腳，這大概是林先生提到的蒼蕨吧。園中還有奇石和小魚池，他生前常坐在池邊的大理石椅上享受的「持竿觀魚」之樂。

最值得看的還有林先生的墳墓，當今有多少人像林先生那麼命好，可以下葬在自己的花園裏？我上前一拜，仰慕這位把 Humour 翻譯成「幽默」的學者，所有外國的大英文書店裏都有幽默的專櫃，到新加坡機場書局時問在哪裏，得到的回答是沒有。

地址：台北市士林區仰德大道二段 141 號

電話：+886-02-2861-3003

晚上，帶老友去吃台北最好的海鮮餐廳，名字就不慚愧地叫「真的好」。

沒辜負到店名，但東西一點也不便宜，海中鮮嘛，自古以來都早說是貴的了。我們要了白灼蝦來送酒，這道菜在香港到處都能吃到，在歐洲要找到那麼鮮甜，又用白灼的做法，就不容易了。

這裏蝲仔比午餐的大許多，醃製的方法更是一流，又連吞數碟。見玻璃池中有條很大的野生鰻魚，問說怎麼煮，可不可以紅燒，店裏只做烤的和藥材煲湯，後悔要了後者，結果只吃出一口當歸味。

大蜆可是烤得剛剛打開，裏面的肉甜得不得了，台灣人的煮法不如香港的，但烤卻是比香港高明。

黃森和太太都說中午吃得太多，晚上少來一點，那麼就來碟海鮮炒麵吧，用粗的黃色油麵來炒。台灣承繼了福建傳統，生熟剛好，海鮮汁吸入油麵之中，一流。

但來「真的好」不吃他們的糭子不行，這裏包的是長條形狀的，餡中有蛋黃、乾貝、魚和蜆，份量不大，吃上兩三條不厭，買回家當手信亦佳。

這家店的另一道名菜是「花條湯」，花條就是彈塗魚，別小看那麼幼細，肉不少，又極鮮美，用幾條來煮湯，下點薑絲，好喝得不得了。燒烤也妙，可惜當晚不賣。

那就非吃澎湖絲瓜不可了，這種蔬菜別的產地的一點也不覺好吃，但來自澎湖，就名貴得當海鮮來賣了，甜美到你不能相信，下次你去一定要點。

「真的好」地址：台北市大安區復興南路一段 222 號 1 樓

電話：+886-02-2771-3000

再下來那幾天我們還是吃、吃、吃，甚麼文化也沒有。早上去了「上引海鮮市場」，這種仿北海道的地方對我來說沒吸引力，但帶黃森來，他會喜歡，尤其是他那愛吃螃蟹的太太，乾脆來隻一個人抱不起的鱈場蟹，每一口都是肉，但他們依足日本的傳統做法，螃蟹煮熟後放進冰水中浸。一大早吃冷螃蟹，肚子會受不了的，下次你去，可以叫他們不必浸冰水。

雖然不喜歡「上引」，但對它旁邊的「濱江市場」最感興趣，找到了那家雜貨店，買小小隻的魷魚，用鹽醃得極鹹，很美味，可惜當今的沒有卵，較遜色。

我沒吃蟹，到旁邊小店去要了碗湯麵暖暖胃，再來幾顆大貢丸，又炒一個麵一個米粉，比鱈場蟹好吃得多。

「上引水產」地址：台北市中山區民族東路410巷2弄18號

電話：+886-02-2508-1268

除了吃還得購物，我在台北必買的有兩種東西，一是襪子，蒙特嬌產品。有甚麼那麼特別？一般的是束在頂部，我愛着的那對橡膠束在中間，穿起來非常舒服，可惜已停產，好東西不一定人人會欣賞。另一樣就是拖鞋了，我在「鼎泰豐」老店對面，信義路上，「中國信託」的門口攤子，向一位姓蔡的太太一買，就是數十年。這雙純天然的草拖鞋吸汗透氣，清涼舒適，沒有其他貨物可比，但容易穿破，一年總得換四五對，所以我一到台北必買上十幾二十雙返港。乘還買得到，快點去吧。

蔡太太行動電話是：0956-168-928

另一種樂趣是逛便利店，台北地皮沒香港貴，可以開大一點，多數有個小涼亭讓客人進食，裏面賣的「黑輪」好吃，焗番薯甜得要命，大街小巷中必有一家。

又到晚飯時間，這次非吃內臟不可了，不管珍妮花喜不喜歡，帶黃森去一家叫「高家莊」的，這裏賣的紅燒豬腸簡直是天下絕品，沒吃過想像不出其美味，慎重推薦各位去試試。店裏其他美食有沙律魚卵、芥末軟絲（即是魷魚）、紅燒肉和高家粉肝，把黃森吃得開心，珍妮花則悶悶不樂。

「高家莊」地址：台北市中山區林森北路 279 號

電話：+886-02-2567-8012

為了彌補，晚餐的第二頓帶珍妮花去吃清粥小菜，記得在復興南路有一家叫「無名子」的，餸菜極豐富，去了一看，裏面空蕩蕩，但在隔幾間的「小李子」則坐滿客人。

為甚麼會有這種現象，一家出名老食肆忽然失去顧客，而旁邊的新餐廳，賣同樣東西，則是滿座？依我的個性，一定去光顧沒人那家，但餐廳此法不通，失去客人一定有已經不行的道理，不能扶弱濟貧。到了「小李子」，果然食物樣樣新鮮美味，要了番薯粥、菜脯蛋、瓜仔肉、滷豬手和幾種燙小菜，吃得珍妮花不亦樂乎，連我點的那碟清蒸臭豆腐也幫我吃個清光，店從下午五點開到翌日六點。

「小李子」地址：台北市大安區復興南路二段142之一號

電話：+886-02-2709-2849

壓軸的那餐是「辦桌」，這種瀕臨絕種的宴客菜台南還有，台北就幾乎絕跡了，一定得讓黃森夫婦試試。但辦桌菜得一早訂好，只有找到老友蔡揚名幫忙，他老家附近有一家，光顧了多年，臨時去也應該可以，果然給足面子，在廚師的住宅客廳中特地為我們辦了一桌。

吃的東西有沙律龍蝦船、五味九孔、樹子紅蟳、富貴鬮雞、蓮花白鍋魚、蹄膀雞腰海鮮燴菜、魚翅佛跳牆、明蝦、春卷、芋泥棗、松茸清湯和應時水果。

菜樣樣精彩，一點也不偷工減料，這一頓懷舊菜吃得大家大樂。埋單，港幣三千多一點，十個人吃，吃不完打了很多包被友人帶走，真是便宜得很。

「東宴美食館」地址：新北市永和區成功路一段 114 號
電話：+886-02-2921-6753

賣麵炎仔

抽空到台北一趟，乘的是中華航空公司，敵不過香港的貴租，原本在機場最佳位置的中華候機室，也要搬去和別的航空公司合併了，很惋惜這間用了數十年的候機室，和它的各種麵條及廣東點心，美好的東西一件件消失，希望去了台北，我喜歡的老食肆還在。

第一件事，是要去吃「切仔麵」。切仔麵條的麵，當然不是用手拉出來，但也與「切」無關，切只是一個發音，是來自淥麵時，用兩個竹笊籬，一個是空的，一個裝了麵，上一個壓住下一個，一齊放入湯中滾，煮時上下搖動，發出切仔、切仔的聲音來，故有這個名字，是一種很地道的台灣小吃。

「賣麵炎仔」，又叫「金泉小吃店」，這家從日治時期做到今天的老店，已是第三代，號稱台北最老牌的切仔麵。地點在安西街上，靠近台北最古老的商業街通化街和大稻埕。當今台北政府已把這一帶翻新，賣海味、土產、藥材的商店林立，已成為旅遊景點，是日本遊客最愛光顧的地方，如果你沒有去過，是值得一遊的。

麵店從早上八點鐘就營業，數十年如一日，還是那個老樣子，店面小得不得了，門口還擺了兩張椅子，裏面有小桌七八張，一大清早就見長龍，巷子裏還泊滿顧客的名貴車輛。門口不見招牌，但抬頭一望，從二樓伸出長方形牌子，圓圈圈住賣字和麵字，紅字寫了炎仔，下面才是「金泉小吃店」五個黑字。

不能訂座的，排到你的時候走進去，找到位子坐下，沒有菜單，食物擺在攤子前，有生的，有熟的。拉住了伙計，這點點，那指指，東西就一碟碟一碗碗替你拿上來。

切仔麵的特色就在這些小吃上，這裏切一點，那裏切一點，隨便切，台語叫「黑白」切。

從自己最愛吃的叫起，來到台灣，當然是吃內臟，台灣人有吃肉臟的文化，從他們菜市場中，內臟賣得比肉貴可以看到，香港人怕死不敢吃，所以香港菜市場的內臟賣得比肉便宜。

先叫一碟粉肝吧！他們做的豬肝真如其名，來得一個「粉」字，吃進口軟綿綿，味道來得一個香字。做法據說是將醬油注入針筒，打入豬肝的血管中，分佈到各個部份，然後蒸熟，當然鹹淡恰好。若嫌不夠味，上桌時一定跟着濃似醬料的豉油膏，和香甜的辣醬各一碟，其實叫店裏大部份的菜，都有這兩碟醬料跟着。

店裏著名的紅燒肉，是用醬汁煮過後再炸出來的五花腩，外觀沒有過份的紅顏色，反顯得自然，入口細膩而綿滑，肥的部份比瘦的更入味，和我們的肥叉燒有得比。

沒忘記內臟，來一碟豬肚和豬心，都只是白水煮熟，全靠蘸上述的兩種醬料調味，每碟一百元台幣，合共四十多元港幣吧，份量極多，但不怕，儘管叫，反正不是天天光顧，叫多一點又如何，吃不完打包。

花枝，就是魷魚，也是白灼，奇怪的是一點也不硬，只賣內臟的一半價錢，十多港元。

見店裏擺着一大盤一大盤的白切雞，是走地雞，很有雞味，連我這個不喜歡雞肉的人也試了一塊。

不能老吃乾的，來點有湯的吧，見店裏用了一個大鍋，鍋中浸着豬腦和豬腰，大喜，即刻各來一碗。

久未嘗到的豬腦，勝過豆腐十倍，湯中只加了大量的薑絲，吃進口馬上覺得很暖胃，喚回小時候媽媽煮的豬腦湯，是怕我們不夠聰明而以形補形。

豬腰來得肥肥胖胖的一大塊一大塊，一點也不吝嗇，沖洗得乾乾淨淨，完全沒有異味。這時，發現台灣人對內臟的處理，是高手中的高手。

已經不可收拾了，再來一碟小肚，是豬的胎盤。生腸也不滷，爽脆得要命。內臟之外，台灣做得最好的鯊魚煙，即是煙熏的鯊魚，他們選鯊魚皮、魚筋夾着肉的部份，口感錯綜複雜。肉之鮮甜，如果沒吃過，是沒有辦法用文字形容給你聽的。

說是來吃麵的，怎麼可以不提它一提呢？

分有湯的濕和乾的兩種，用的是福建人黃澄澄的油麵，經過那兩個竹笊籬在高湯中燙了又燙，發出切切聲之後，不到幾秒，即刻熟了。倒入碗裏，沒有甚麼配料，只放了豆芽、韮菜，上桌前淋上紅顏色的甜醬，仔細一看，有豬油渣和紅葱頭渣。我喜歡吃乾的，乾的才吃出麵味，一碗份量很小，一叫就兩碗。有湯的材料和乾的一樣，每碗只賣台幣二十元，合共港幣十元，再吃多十碗也吃不窮人。

老闆娘長駐，和老大負責點餐、算錢，老二負責切菜，老三煮麵。那麼多客人，怎麼算呢？從前都是心算，比計數機還準，從不出錯，當今可能年紀大了，有張菜單，寫着雞、血、小肚、菜、心、飯、肝、扁食（即雲吞）湯、三層肉、腰只、燒肉、生腸、花枝、鯊魚、湯有下水（即是各種內臟都有），也有米粉和麵。內有玄機，左邊１２３４桌，中間１２３，右邊才有冷氣，分冷１、冷２、冷３、冷４，好玩得很。

地址：台北市大同區安西街 106 號（永樂園小後門巷子）

電話：+886-2-2557-7087

台中之旅的廣告

「我要到台中去。」向友人那麼説。

「台中?我們去台北，到台南，我沒有聽過人去台中。台中有甚麼?為甚麼要去台中?」他們問。

「有日月潭呀。」我説。「從台中去只要一個半鐘。」

「日月潭?不是在阿里山上的嗎?」

「阿里山和日月潭根本是兩個不同的地方。」我搖頭，香港人對台灣的地理完全不熟，再下去一定又要問日月潭有些甚麼了。

有「涵碧樓」呀。

蔣介石來到台灣，走遍全省。當然選一個最漂亮的環境來建他的行宮。經濟起飛後，這裏由一大建築集團改造成全台灣最豪華的酒店。價錢之貴，令當地人咋舌，故鮮為人知。

整家酒店一共只有九十六間房，都是套房，最小的也有一千多呎，房八百多呎，打開玻璃窗走出去，另有一個和半間房間那麼大的上蓋陽台，設有櫈桌沙發，讓客人優閒地喝茶和欣賞湖景。

最便宜的房租也要四千港幣一夜了，值得嗎？住上兩晚才值得。這裏給你的靈氣，只能親身享受，非文字可以形容，湖色不停地在變，是看不厭的。

房間的設計新穎，但沒有那種讓人不安的抽象，我住的那間還有個壁爐，雖是電動，但也發出火燄，缺少燒松的香味而已。

經過這次的探路，我已組織了一個行程，可以帶大家去玩了。首先，從香港到台中，已有直航的飛機，中華、長榮和港龍皆可選擇。早上去，晚上歸，一共三個整天的假期，將會是很愉快的。

台中機場為軍用的，少人來到，很迅速地過關，下機後不到一小時的車程，就可以到木雕藝術著名的小鎮三義去。那裏有一家很地道的客家菜館，我見餐牌上有冬瓜封，先來一客，已經是事前燉好，很快地上桌，原來是把排骨酥炸後墊底，蓋上冬瓜，苦瓜和大白菜，再以江瑤柱燉六小時而成，盆子很大，份量是驚人的。

一試，所有食材都入味，瓜和蔬菜當然軟熟，肉也入口即化。第一道菜已經震撼力十足，再下來的大盆豬腳、白斬土雞、大蛤燉筍等等，十幾樣菜氣勢驚人。客家人在台灣人數不少，都很固執，一固執，守舊傳統不變，味道老土得可愛，原封不動地一代一代留傳下來，包君滿意。

吃完中飯可在三義欣賞木雕，本來以為都是匠人作品，看到一位叫黃石元的人像佛像，發現充滿禪味，是真正的藝術家。

台中一帶盛產水果，到處有果園，任何季節都能親自採摘，吃完中飯後在那裏休息一下，或在果林中奔跑，帶一大袋水果返房間吃，也是樂事。

趁天還沒黑之前一定要到達「涵碧樓」，才看到酒店建設的用心，包圍在旅館外的四面水池，讓水色一直沿着到湖中去。

大堂是長形的，用一排排的檜木直立間隔，造成深遠的感覺，茶座、精品店、三家餐廳分成幾層，第一次進去不容易一一找到，大得像個迷宮。

晚餐還是往外跑吧，到一個大花園，園裏有家餐廳，專攻花宴。一般，用鮮花做的菜並不好吃，但這裏的配上大魚大肉，味道甚佳，最後有花粥和花凍甜品，配以這裏著名的茶。原來並非甚麼凍頂烏龍之類，日月潭盛產亞森茶，是從印度大吉嶺移植進的種，加糖與否各有不同的風味。

好好地睡了一個晚上，被晨光喚醒，又起身到陽台望湖，飲茶，吃酒店供應的甜點，再去餐廳吃豐富的早餐。第二天的活動完全圍繞在日月潭周邊，離湖不遠就有一個叫「廣興紙寮」的紙廠，能參觀整個造紙過程，以及自己動手創造出用紙張做成的各種玩意兒，有了這個知識，今後對紙張更加珍重、珍惜。

還是醫肚子重要，中午的那頓土菜，食材都是現拔現炒，還有很多山澗的魚，像奇力魚和全省聞名的曲腰魚等。吃得清淡一點，因為要應付晚上的那頓紹興宴，「金都餐廳」為埔里最好的食肆，這一餐又有十多道由紹興酒煮出來的菜，享用不盡。

不喜歡看造紙的朋友可以環湖一周，或者到雄偉的中台禪寺參禪。要貼身享受，最好是躲在「涵碧樓」中最高級的 SPA 裏做按摩。

第三天要回香港了，帶大家到台中的各大百貨公司購物，最後還到台中港口去吃一大頓海鮮才上飛機。

台中最著名的手信是太陽餅，其實是一種麥芽糖餅，做得很可口，埔里的手信沒有好得過米粉，滑潤爽口，一試難忘。茭白筍，百香果，水果醋，刺葱餅，鳳爪凍、紹興蛋等等，都很受歡迎。

上次去了高雄，後來再到台南、台北之前遊過，都是三天之旅，各有出色的餐飲，大家都很滿意。這次的台中，也不會讓人失望。總有一天，我把這些地方總結起來，做一個環島美食遊，那更好玩了。

南投縣

國民黨逃到台灣，當然懷念起老家的黃酒，就在埔里釀，稱之為「紹興酒」。常有醉客和倪匡兄爭吵了起來，他們說：「我們台灣的紹興酒，比你們的紹興酒好喝！」

「紹興不在台灣，何來的紹興酒？」

倪匡兄總是懶洋洋地愛理不理。

是的，數十年前的台灣紹興酒實在難喝，所以在酒中加話梅，由此誕生。話梅雖說用鹽漬，但主要是加了很多糖精，台灣紹興酒浸話梅，就等於喝糖精水了。

時間讓大家進步，埔里的酒愈釀愈佳，愈存愈醇，後來出了一種叫「陳紹」的，很喝得過。當今在埔里的餐廳中喝到二十年三十年的老酒，已比大陸的大量生產品質高出許多，不能說台灣沒有好的黃酒了。

南投縣的食肆無數，佼佼者有在埔里的「金都餐廳」，不只食物獨特，地方也寬大到可以擺數十桌酒席。我光顧了多次，認為是當地水準最高的，他們做的「紹興宣紙蒸香扣肉」，是把甘蔗去皮，斬成數截，鋪在鍋底，中層有炒香的甘蔗心，最上面是宣紙包紮的扣肉，用紹興酒、醬油和各種該店調配的香料燜成，肉香無比。

倪匡兄吃完，題上：「此扣肉為七十年來僅見。」這句話，當今已被店裏印在包紮着扣肉的宣紙上，作為招徠。

扣肉固佳，但我最欣賞的是另一道菜，和廣東人生炒糯米飯有得匹敵，做法是用霧社地區生產的小米，有點糯米的黏性，炊至半熟，把切成一片片的臘肉鋪上，臘肉用五花腩做成，一層肥肉夾一層瘦肉，香得不得了。另一邊，再鋪上用紹興酒灌的香腸，也切成一片片。最後是把肉臊碎肉用蒜頭炒香，填在中間。

吃時再淋上等老抽和豬油，更令人無法抗拒。

這次重遊埔里，見店裏把這個飯改良了一下，用一個小竹筒削半，將米飯和肉類填滿，拿去再蒸了才上桌，不但扮相好，鮮竹味跑進了飯中，一流。

「金都」的總廚叫劉恒宏，烹調基礎打得極深，又經老闆和老闆娘大力支持，鼓勵他去創新，當今一道又一道的新菜出籠，都很美味。

我已經和老闆夏文正及太太林素貞成為好朋友，見他們年紀輕輕，但做事的幹勁和待人的親切，是老一派台灣人的作風，台北已罕見，南投人還有不少。

林素貞要帶我到她生長的鄉下。

「叫甚麼地方？」我問。

「凍頂。」她回答：「出茶的。」

我還以為那是台灣茶的一個品種的名稱，原來有一個真正叫凍頂的地方。

茶樹種在梯田上，葉子必要肥沃的土地培養，也需不受遮掩的陽光直射，又得充足的雨量及晝夜的濃霧籠罩，凍頂這個地方各條件皆備。我們一路上山，一路讚賞一片片如詩如畫的景色。

茶葉人手採摘，經日光萎凋、室內浪青、殺青和揉捻。初乾後，揉成圓形、再乾、揀梗、烘焙到最後的包裝，程序複雜得很。

我們這次是剛好碰上鄉裏的茶賽，有兩千多種由茶農提供的茶葉，經五六十個專業評選人盲目給分，每種茶只有一個號碼。初賽後再準決賽到最後的大賽，像是選美，當選的茶王，一公斤茶要賣到幾萬塊港幣。

拿了好茶試飲，當地負責人等我讚賞，我只說了：「好香，好香。」

我們潮州人喝茶，當然注意新茶的香，但也有中茶的甘，和老茶的色。台灣人喝凍頂，只得一個香字，大家的口味不同，不能說誰對誰錯。

負責人看我那麼說，指着自己：「我和你一樣是一個上年紀的人，也當喝底子厚的茶，要有餘韻。」

「對，對。」我說：「從前，台灣人叫為老人茶。」

研究歷史，凍頂茶是鹿谷鄉的一個叫林鳳池的人，在一八五五的咸豐五年到福建應試，考了舉人回鄉，同時帶了三十六株茶苗，結果種活了十二株，發展至今。

凍頂茶一出了名，台灣所有種出來的茶都叫凍頂烏龍，反而凍頂這個地區沒人知道。如果台灣政府能像法國一樣，只允許干邑地方出產的白蘭地，才可以叫干邑；香檳區出產的汽酒，才能叫香檳的話，才能補償凍頂的聲譽。

車子爬上了凍頂山，有一個叫「小半天」的竹林休憩中心，裏面有木屋和竹屋，由此兩種建築材料蓋成的別墅家庭房，除了客廳臥室之外，還有廚房和餐廳，在這裏買了山中綠茶和溪魚自己煮來吃，再用新鮮的茶葉代替九層塔金不換，做茶葉三杯過山雞，也是一個好主意。

閒而住上兩三天，看白雲、看日出日落、聽鳥啼、喝茶，當仙人去。

古廟前的婚宴

到台灣，不吃「辦桌」菜，是一大遺憾。

所謂「辦桌」就是我們的到會。一群流浪廚子，去到哪裏做到哪裏，有甚麼地方的人結婚或生仔，就在他們的花園或院子搭起臨時廚房，大辦宴席。

一般餐廳吃不到這些菜式，師傅們也不定期在甚麼地方舉行，只能事先約好。台北的幾位我認識，這回去台南，就要靠人介紹了。

「找劉坤全好了，他的菜最傳統。」當地食家說。

電話接通，聽到我這個香港人用閩南話，對方語氣即刻親切起來。為了證實食家的推薦有沒有錯，我問道：「前菜裏面，有沒有罐頭螺肉？」

「那是一定有的。」對方回答。

早年，因為台灣不產蠑螺，對這種日本海鮮非常嚮往，生的吃不到，罐頭又禁止進口，所以變得十分之貴。一不便宜就出假，這是中國人的習性。辦桌的人為了提防，就乾脆把整罐罐頭開了，擺在碟上，證明不虛假。改良過的辦桌菜就不出現了，所以一問，即知真偽。

「我在十二月一號那天有一百個人來吃，你們可不可以做到？」

對方查過後回答：「不行呀，那天有人舉行婚禮，我們要辦九十桌。」

「那麼跟喜宴的人說說，讓我們參加，湊足一百桌好了。」我說：「你去問問。」

十分鐘過去，電話響：「真巧，新娘子也姓蔡，說當你嫁女好了，歡迎香港來的貴賓。但新郎說要你一個紅包，裏面放多少錢無所謂，依照台灣人的習俗，會把鈔票編成花紋模樣用鏡框鑲起來，當作紀念。」

婚禮在離開台南市中心一個小時車程，一個叫芋寮的地方，借了當地最大古廟壽生廟的廣場舉行。

我們一夥人浩浩蕩蕩抵達，主人家放鞭炮歡迎，見有幾個大帳棚，已坐滿客人，剩下的十桌讓了給我們。

台灣的廟都搭得雄偉，雕功也很細，像那些石圓柱，都雕塑出佛教故事的人物。廟前一大片地，有一個大舞台，台上有歌女唱歌。

仔細一看，整個舞台，原來是由一輛貨櫃車搭出來的。車身很高，底下的輪子用巨木穩固，貨櫃的四面打開起來。箱頂用來遮陰或避雨，箱門部份接上燈光及音響設備，以四十五度照射舞台，兩旁的箱殼放平，就是一個大舞台了。

接着就輪到親朋戚友和當地高官上台唱卡拉OK了，好歹才逮到這個在千人面前表演的機會，大家都抓住麥克風不肯放手，殺雞那麼唱。

好在菜已上桌，先有一個火鍋，鍋中滾着清水，有一鐵夾。眾人等着食物打邊爐，原來是用來洗碗碟的。第一道就是我所要的「五福喜臨門」，計有蠑螺罐頭、澄蝦球、瑤柱貝、炸花枝（鮮魷）和烏魚子，眾人第一次試蠑螺罐頭，肉帶甜，也吃得津津有味。

新郎新娘來敬酒，我獻上紅包，八百八十八塊港幣，跟着是一幅字，寫着「百年好合」，誌淩天福，蔡雅貞伉儷新婚之喜。對方很高興，拼命喝酒。

接着只有十一道菜，我有點擔憂夠不夠吃，但見拿出來的都是大塊頭的盤子，就放心了。那麼多人吃，菜怎麼煮？會不會涼了？要知道台灣的辦桌，都是事先準備好的，翻煮或加炊，就可以熱騰騰地擺在桌面上。

客人被迫下台，由職業的歌女表演，為我們唱出《上海灘》主題曲，粵語歌詞咬字清晰，唱歌的人都有一點像鸚鵡的本能，學甚麼像甚麼，但不知歌詞是甚麼意思。

歌女一個接着一個，我顧着吃東西，團友們發現，她們的衣服愈穿愈少，最後的只剩很小很小的胸圍和三角褲。

女主持人也參加一份，穿着肚兜露了個小蠻腰，她大叫：「來，讓我們遠方的客人也享受享受！」

經過這麼一喝，那個剩下底線的女人即刻彎下腰，向着我們用雙手壓着巨胸，搖晃幾下，差點沒把乳首擠出來。

其他客人馬上鼓掌喝采：「好！好！」

為了答謝他們，也向四方八面做同樣舉動，更加得到滿堂的掌聲。

小孩子們看了嘻嘻大笑，向母親說：「媽，沒有你的厲害嘛。」

她媽瞪了一眼，說：「死鬼，討厭。」

還以為這是台灣少女的口頭禪，原來家庭主婦也用得那麼出神入化。

一品火腿翅、玉樹石斑魚、沙母蟳八寶飯、養生百菇鍋、魚子鮮柚九孔鮑、蓬萊仙菜、何首烏大明蝦、碧綠唐品鍋、翠玉龍鳳球、香芒布丁凍和鮮梅啫喱，吃得我們不亦樂乎。最後的那道闔家慶團圓原來是整隻豬蹄膀燜出來的，用的是東坡肉的做法，大家吃得再也不能動彈，但看到燉得快溶化的肥豬肉，又忍不住吞幾大口。

「回程還需要一小時，先去方便一下吧。」我說。

女士們紛紛上洗手間，丈夫跑去和近於赤裸的歌女合拍照片，但不敢擁抱她們，反而是女的大方，說：「要不要摸摸？」

古廟前的婚宴，在一片歡笑中結束。

赤崁

這次去台南，發現除了「阿霞飯店」之外，還有一個寶。

那就是「赤崁」了。

赤崁，名字取自台南府城的赤崁樓，是曾鳳玉創店的第一個檔口，賣台南最著名的擔仔麵。

一說到台南擔仔麵，大家都會想到度小月，赤崁反而被比了下去。我上幾次都光顧度小月，為甚麼這回會到赤崁去呢？

原來在「阿霞」晚宴時，台南旅遊局派了一位高官來助興，對當地食物最了解，問他沒錯：「除了阿霞，還有甚麼可以推薦的？」

「赤崁呀。」他毫不猶豫地。

「我也聽過，那不只是賣擔仔麵的嗎？」

我說：「我們一大群人，擠不進去。」

「赤崁已經從擔仔麵發展成一個大餐廳，集中所有台南著名小吃，辦成一桌菜。」

這倒引起我的興趣，專程為了這桌菜，自己先跑一趟。我試菜，不能只叫幾個，一來就是一桌，當天的菜單有：安平老街四果蜜餞、辦桌菜尾湯、白肚浮水魚羹、黃金炸蝦卷、排骨酥湯、古早味筍乾肘肉、府城鱔魚意麵、蚵仔麵線、迷你粽、竹葉米糕、番茄沾醬憶童年、古早味米糕粥、蝦仁肉丸。青草茶當飲品。

味道着實不錯，是原原本本、基基礎礎的烹調，老實、中肯、充飢，一點花巧也沒有。在五花八門混合個鳥的當今料理，這桌菜像個清泉，湧之不盡。

吃完我還加了幾道，蔬菜太少，要了個熱燙番薯葉，淋上肉臊和豬油。甜品要個紅豆、花生和湯圓的豆腐花，還有別忘記原本的擔仔麵。

組織了一個旅行團，和大夥去了。台灣一年四季水果多，過剩的做蜜餞，用糖和鹽手工醃漬於陶甕中，酸酸甜甜的味道最為開胃，菜未上桌時大家抓來吃，無不叫好，大包小包買回去當手信。

蝦卷是將蝦烤過後剝出肉來和魚漿、肉臊等包紮後炸出來。其他餐廳也有這道菜，但包的是腐皮，這家人還是堅持用豬網油來包，炸後溶入餡中，多汁可口。

「菜尾」即是剩菜，源自台灣的辦桌文化，一辦桌即有十二道菜，一定吃不完。在剩菜中的豬、雞、魚、蝦之中加入金針菜、竹筍等再大熬特熬，你說那湯怎會不甜？

其他佳餚已不一一說明，讓各位去試好了。兩三人去的話，可到「赤崁」的總店，坐落於台南市古蹟密度最高的民族路上，西側為赤崁樓，南為文武廟和大天后宮。建築物原是日據時代的牙醫診所，當今保留珍貴的裝飾，重闢為小食店，你可以點上述幾道菜的其中一二，包君滿意。

赤崁的東寧店就以大紅花為主調，美輪美奐，請一桌人的話，到那邊去，食物好吃之外還甚有體面。

像我們的團體，就要去剛剛開設的 VIP 店了，以銀和黑為主調，地方寬敞，可擺二三十桌，吃得舒服，坐得舒服。

女主人曾鳳玉笑瞇瞇相迎，看樣子，只有四十幾歲的人，面相端莊，態度親切，寒暄幾句後她到廚房去監督，我走去看掛在牆上她的生平：

「一個出生在漁港邊小賭場的女性，十二個小孩子的老么，小學便失學，長大後和台南擔仔麵世家長子結婚，生三女，在婆家擔仔麵攤幫手。丈夫迷上當年風行全台的大家樂，十五年婚姻畫上句號，扛下前夫近千萬債務，從地下錢莊借來六十萬創立『赤崁擔仔麵』，當今她的負債還是沒有還完，反而欠的更多，但是臉上笑容是滿足的，是珍惜的。」

好一個生平，像明朝的一篇小品文，從她的第三家店看來，債應還清，連台南政府也去支持她，把她選擇的食物搬到總統府，成為宴請中西貴賓的國宴。

門口設一擔仔麵麵檔，曾鳳玉說：「有時，我們會請小朋友們，讓他們看看擔仔麵的製作過程。」

你要是在那裏請客，也能請師傅表演，這次我們看到的是應節的甜品發糕製作。一根大湯杓，廣東人叫為鑊鏟，是廚房裏師傅用來炒菜的那種。洗乾淨，放白糖和黃砂糖進去，在火上煮溶，另外準備了一湯匙的蘇打粉，又叫發粉的，等到糖漿拌勻後，即刻加入，這時糖漿發脹，發到表面裂開，成一笑口，大功告成。

秘訣在於把一茶匙話梅粉加在發粉之中，這麼一來，發粉的苦味就能清除了。我們的團友紛紛實驗，試了幾次就成功了，來自德國的太太做了更是大樂，她說回到德國即刻表演給德國小孩子吃，她自己笑得很開心。

曾鳳玉至今還是單身母親，所有工作人員都專選單身母親，也笑得很開心。

地址：台南市中西區民族路二段 180 號
電話： +886-06-220-5336

虱目魚

台北已和其他大城市一樣，被高樓大廈佔據，如果要找回數十年前的優閒和純樸，還是南投縣最佳。

南投離台中一個多小時車程，是日月潭所在地，蔣介石走遍台灣尋找環境最優美的地方來建別墅，目光錯不了，他就在這裏蓋起「涵碧樓」來，當今重建，是全台灣最好的一家酒店。

中台禪寺的惟覺老和尚也在南投建築了古今結合的大寺廟，因為這裏的靈氣特別強吧？

南投人不但熱情，也特別會燒菜，這次他們的美食節叫了我去評點。因為我喜歡南投，經常寫文章介紹，南投縣縣長李朝卿給了我一個獎狀，封我做南投縣的美食代言人。

大吃大喝了三天之後，我乘車到台南市，入住「大億麗緻酒店」，這家為台南最好的，隔壁就是三越百貨，購物方便，我們旅行團每次都在那裏下榻，所以對周圍的環境很熟悉。

翌日當然不吃酒店的自助餐，走出門，向右轉，經幾個街口，就有一家鹹粥店，專賣虱目魚。

「虱目魚」這個名字很怪，有人說是鄭成功來到台灣，吃了這種帶有牛奶味道的魚，問說：「甚麼魚？」

當地人敬仰他，以為他指的是台語的「虱目」，就叫「虱目魚」了。

這種説法沒甚麼根據，雖然台灣人也叫此魚為「國姓魚」。也有人說此魚在中南美洲叫 Sabador，由西班牙名而來，但只有荷蘭人佔據過台灣，此說不通。另外一説，是西拉雅土族的「麻薩末」番語演變的。

比較能說服我的，是此魚有極發達的「脂眼瞼 Adipose Eyelid」，那層厚膜幾乎遮住魚眼，故台灣人也叫牠為「遮目魚」。而「遮目」和「塞目」在閩南語是通的，「虱目魚」的名稱應該由此而來。

回到香港，黎智英在流浮山宴請詹宏志和朱振藩吃魚，倪匡兄和我作陪。談起了虱目魚，倪匡兄這位魚癡也不知道其他地方叫甚麼名字，問對美食和食物歷史頗有研究的朱振藩。

「就是英語的牛奶魚 Milk fish。」他說。

回到家裏翻翻 The Penguin Companion to Food 一書，說此魚學名為 Chanos Chanos，菲律賓人叫 Bangus，印尼人叫 Ikan Bandeng，澳洲人叫 Salmon Herring。

既然有 Herring 一名，此魚應屬鯡魚家族，分佈極廣，從南非、印度，經紅海、日本到澳洲，凡是暖流經過的海域都能生長。而養殖的，氣溫一低，也就大量死亡。此魚全身銀色，流線體形，尾部有明顯的分叉，通常兩英尺長，但大起來可長成四五英尺，沒有牙齒，專吃水藻和水母，故台灣人也叫為「海草魚」。

在海中活動得很靈敏，牠有神經質，一被捕獲即死，死時僵硬，頭和尾翹起，身凹進去，在菜市場中見到，別以為是冷凍，其實很新鮮，只要看發着光亮的細鱗就知道了。

和所有骨頭愈多肉愈鮮甜的魚一樣，虱目魚全身一共有二百二十二條刺。菲律賓人不會起骨，只愛吃牠的皮，洋人則用壓力鍋煲之，煮得像罐頭魚，刺都化掉了。台南的粥店老闆是劏魚高手，不到一分鐘，已把魚分解。硬骨的部份拿去打磨成魚丸，軟骨部份也不能就那麼吃，要切成薄片，把軟骨全部切斷了才不會傷喉。靠肚的部位完全無骨，也是脂肪最厚的，店裏拿來白灼或煎熟，香甜肥美，最為高級。

魚腸帶苦，但有人也專門愛吃這種苦味，遇到廣東人，就說為甘了。魚的肝，吃起來並不遜法國鵝肝。也許說得太過份了，應該是各有千秋吧，皆為天下美味。

把軟骨切碎的肉拿去煲粥，亦鮮甜無比。這一頓吃下來，是最豐富的早餐，而且只有在台灣才能吃得到。

「把當天抓到的虱目拿來做才行。」店主說：「一過了就腥，所以吃虱目魚應該是早上吃。」

「怎麼看得出是野生的，還是養的？」我問。

「很簡單，魚分背部和腹部，背上白色的就是養的，黑色的就是野生的。」他說。

吃完了鹹粥，再到孔廟對面的藥膳香腸店吃烤豬腸。店主很熱情，又帶着我，經過旁邊的一條古老幽靜的小巷，當今已開發成旅遊區，食肆林立，到了大街，又有一家人，專賣虱目魚魚丸。

魚丸湯上桌，先喝一口湯，很甜。再吃魚丸，像台語說的，很Q，那是爽脆彈牙的意思。想起在馬來西亞吃的西刀魚魚丸，二者很相似，又想起倪匡兄，如果能帶他來享受這兩頓虱目魚魚宴，他一定大樂。

綠島之旅

我們聽到了《綠島小夜曲》，都會哼幾句，但從來沒去過，不知是怎麼一個樣子。

電視節目拍的台灣，多數是把一〇一大樓、誠品書店照一照鏡，遠一點的地方都不肯跑，當今自己做了，就決定去些別人沒有到過的：去綠島。

途徑只有乘飛機，或者從台東坐船前往，我們選了後者。之前，熟悉當地旅遊的朋友已經警告：「夏天才是好季節，風平浪靜；冬天去，浪很大，不適宜。」

一向不喜歡人擠人，又為了要趕着電視節目的播送期，走就走吧！活到當今，還有甚麼風浪沒有見過？

從台東的碼頭出發，看見那艘雙艇身的飛翼船，和去澳門的一樣大，安心得多了，一整隊工作人員十多個，搬了笨重的攝影器材，上了船。

也有些年輕遊客，以及熱愛自然環境的外國人，也一齊去了。船上有三四成人坐着，引擎開動，一路有些輕微的擺動，算不了甚麼。

忽然，來了一個大浪，把船像過山車一樣地抬高了又衝下，年輕人驚叫出來，也覺得刺激和過癮，笑了出來。

接着，浪從左右打來，船兩邊晃動，乘客們的臉開始發青，靜了下來，看到有些猛吞暈浪丸，有些吃話梅八仙果，船上鴉雀無聲。

又一聲尖叫，船像在海中打了個筋斗。

這時，幾乎所有的人都在拉開船上供應的塑膠袋，準備嘔吐，接着的聲音是唏哩嘩啦，胃裏的早餐都掏了出來。

我坐在船頭，用雙腳頂着前面的欄杆，任船怎麼晃動都不去理睬，只要自己不被拖出去就是，但在座位旁邊放的是一個垃圾桶，後面的人將一個個的塑膠袋提起來扔進去，我拼命避開，要是被濺到污穢，可是倒一輩子的楣了。

浪還是不停地打來，要到甚麼時候才能看到岸上呢？強忍又強忍，看到塑膠袋中，有的裝的只是黃色的液體，是不是膽汁呢？

開始五臟移動了方位，我到底忍不忍得了，萬一我這個領隊也作嘔，跟着的工作人員豈不跟隨？把眼光放到遠方去！只見天空旋轉。

終於停了下來，這一小時的航行，像捱了兩個鐘頭。

抵達一看。綠島，真的綠。

島嶼為火山岩形成，其他的島還看到禿出來的石頭，綠島的都被樹和草遮蓋，一點黃色和灰色的空間都沒有，名副其實地綠。

橫四公里，直三公里多的小島，全面積有十六點二平方公里那麼大罷了，島上總人口是三千名。在清康熙三十五年開始有文字記載，在《台灣府志》上，稱此島為「尚仔嶼」。

綠島的別名還有「雞心嶼」、「南謚東嶼」等，其中以「火燒島」最為人知。為甚麼叫火燒島？問居民，論說紛紛：有的說漢人移居，斬伐所有樹木當柴燒，也有人說是在山頂點火，引導漁船。我最喜歡的一個說法是：日落時，背着光，整個島像在燃燒一樣。

島上活動甚多，可以潛水觀魚，考察生態等等，路旁停着幾百輛小型摩托車，是租給旅客作環島一遊的，當今不是旺季，無人問津。

景點有將軍岩、睡美人與哈巴狗等，根據矗立岩石形狀而取，中國人就是喜歡亂取名字，但是最大景點莫過於綠島的監獄了。

我們的節目主要是吃吃喝喝，不談這些不愉快事，但既然來到，就在遠處拍它一拍，整個監獄沒有想像中那麼大。最初是日本人統治時用來關所謂的「浪人」，稱為「火燒島浮浪人收容所」，蔣介石來到後承繼這個傳統，因為綠島周圍都是尖利的珊瑚礁，犯人逃亡坐的橡皮艇也會被刺穿，不容易離開，島上關的除了黑社會大阿哥之外，就是政治犯了。

五十年代初國民黨以肅清匪諜為名，捕人無數，製造的白色恐怖一晃就是四十幾年，連柏楊等作家也不能幸免，還把牢獄的名字改為「綠洲山莊」。

終於在一九九九年的國際人權日廢除，台灣成為一個再也沒有政治犯的地方，在亞洲還是罕見的。

吸引我到綠島的，是一個叫朝日的溫泉，就在海邊，泉水從岩縫及沙層中湧出，又流入大海，非常之乾淨，為台灣最值得去一浸的溫泉。我們等着太陽升起到那裏去，可惜天公不作美，但心中有個日出就是了。

吃的當然是海鮮了，不過台灣人都不會蒸魚，只是炸或紅燒，就不去談了，那邊好吃的是一種叫「鐵甲」，又稱為「石鱉」的貝殼，像鮑魚，是第一次嘗到，另有花生粉做的「芡粿」和花生豆腐，海藻湯鮮美，綠島人包的粿子，用魚為餡，也很特別。

回程本來想坐飛機，但遇到鄉長，是位女士，她拍胸口說，回去時會順着潮水，一定沒有問題。

飛機小，坐不了那麼多人，我又不想離開大隊，乘船就乘船吧！

這一來可慘，浪比來時大十倍，船在汪洋中，像捕蟹紀錄片《The Deadlyest Catch》一樣的情景，奉告各位，遊綠島時，千萬別在冬天乘船。

澎湖之旅

從前，被邵氏公司派去台灣當電影製片總監，住了兩年。以看外景為名，走遍全省，只漏掉了一個澎湖小島，憾事一件。

這回，專程走一趟。台北、台中、台南各有飛機，但從高雄去方便，只要三十分鐘。一到機場，所謂的高尚遊客都怕得要死，因為看到的是一架螺旋槳機。我們旅行慣的人無所謂，上次飛柬埔寨也是這機種，空中小姐還説比噴射機更安全呢。

「去澎湖幹甚麼？」是沒到過的人首先要問的。

當然是吃海鮮，台灣大城市的海鮮檔常以澎湖魚招徠，至於是甚麼魚，模糊得很。蔬菜著名的有絲瓜，就是節瓜了。當地人叫為肉瓜，的確皮少肉多，清甜得要命，拿來炒生蠔、貝柱或各類的蜆，完全是仙人的食物，試過念念不忘。

當今我旅行，多數是抱着是否可以帶團一遊的心態，所以第一件事就是視察酒店。澎湖由幾十個小島組成。最大的，最多人聚集的叫馬公，市內的所有酒店全部看過，有「海豚灣」、「海洋度假村」、「元泰」、「百世多麗」等，包括了抵埗那天才開張的「海悅」，所有旅館店名中加了一個「大」字，其實並不大，也不豪華，比較下來，最舒適的還是「和田大酒店」，在九樓還有一個小巧的SPA，服務人員的招呼都很親切。

接着就吃海鮮了，到了澎湖的人都要去的，是一家叫「清心」的海鮮館，並非因為海鮮出名，而是因為老闆呂九屏和蔣經國是好朋友，走進店裏就看到兩人擁抱的大張照片，店很大，當今已專做一車車的遊客生意。

一位中年太太前來招呼，我沒問和呂九屏有甚麼關係，大概是他的女兒吧。九屏這個名字是蔣經國改的，較為文雅，他本人原名叫酒瓶。

「有甚麼野生魚？要最好的。」我點菜。

「老鼠斑沒貨，野生的只有一條九星斑。」她說。

當然不放過，蒸出來後，還是過老，女老闆看了我的表情後說：「幾十年前就有香港人來教我們怎麼蒸，我們當然懂得蒸得黐骨的道理，但是客人都說不熟，我們的師傅就慢慢地忘記了香港的吃法。」

另外有一條野生的海鰻，香港人叫為油鱔的，炸了再紅燒，肉質粗糙得很，而且魚一炸，也沒甚麼味。

絲瓜當然好吃，再下去的那幾家店也都做得好，沒有失望過。還有他們的金瓜炒米粉，金瓜就是南瓜，炒得比其他所有的餐廳都好吃，沒比較過是不知道的。我最愛吃這道平民化的食物，愈吃愈刁。

在短短的兩天之內，我們吃了「嘉賓川菜海鮮館」、「來福海鮮餐廳」、「龍星餐廳」、「長進餐廳」、「花格海味」等，還有幾家不記得名字的，所做的菜都大同小異，食材更是千篇一律。魚多數是養的，只有其形而無其味，弄到最後變成沒有甚麼印象。

很少像台灣本土那種把每類海鮮都擺出來讓客人選擇的食肆，有條海鮮街放滿游水魚的玻璃缸，但魚的種類不多，當地人說是供遊客的，沒甚麼吃頭，也要被斬頭。

這可能是和小島上的生活太過閒逸有關，像著名的「清心」，老闆說：「漁民抓到甚麼就拿甚麼來賣，來貨並不穩定。」餐廳經理還若無其事地說。

唉，不穩定，怎麼帶團來呢？可以預先準備呀，但預先準備代表把魚冷凍了，我們那種只吃慣游水魚的客人，怎能老遠跑來吃冰凍的呢？

但我也不相信魚的種類來來去去只有那麼幾條，翌日到了他們的菜市場，哇，叫不出名字的海鮮無數，一定可以買到些野生的；野生魚就算肉質不佳，也有鮮甜的味道，要是有一家餐廳的老闆勤力，每天到菜市場進貨，開一家最高級的海鮮店，也不愁沒生意呀。

對澎湖的海鮮失望了，去小店欣賞找最老土的菜餚吧！當地人叫為「古早味」的，有花菜乾、醃魚乾、土豆貓子蟲、高粱飯等，反而是吃得津津有味，尤其是一種把八爪魚曬乾的，當地人叫為石鉅，凹了進去，像個小碗，用來煮蘿蔔湯，真是鮮甜。

早餐，到文康街去吃「北新橋牛雜湯」和「香亭魟魠魚粳」及酒店附近的一家鹹糜店，都很不錯，吃得飽飽。

至於在海報上看到的白色沙灘和見底的海，那就要離開主要的馬公市，到附近更小的島嶼才能看到。人類真是厲害，把數億年的沙灘，在短短數十年中全污染了。

回到菜市場，想買一些土產當手信，看到些大芒果，我最喜歡，但當地人說：

「那是台灣來的。」

這也是台灣來的，那也是台灣來的，小島居民沒有把台灣當成自己的一部份，他們也說：「當阿扁執政時，台灣地圖上也沒有包括澎湖。」

由英格蘭、日本等大國開始，島民心態是永遠不屬於任何人，澎湖人的想法，是能了解的。

澎湖好好發展的話，會成為韓國的濟州島，有規模的酒店加上宣傳，像用電視片集把它拍得浪漫，整個島可以變成蜜月勝地。也不必一定要靠開賭場，可以海產為名。應該多往這方面下功夫，讓人感到吃過一次澎湖的豐富海鮮餐，已值回票價。

不過困難來自交通，有一班從高雄來的船，要五個小時。飛機雖快，但航班甚少，每架螺旋槳機坐五十多個人，一團遊客已經佔了四十位，自由行的人訂不到票。

加多幾架噴射大型機不就行嗎？

當今兩岸通航，台灣本土往大陸的飛機已不夠用，何時輪到澎湖？

但一切問題都能解決，對今後的澎湖，拭目以待。